青春盛开

林清玄散文精选

（青少版）

林清玄◎著

图书在版编目（CIP）数据

青春盛开：林清玄散文精选：青少版 / 林清玄著. -- 长春：时代文艺出版社，2023.1
ISBN 978-7-5387-7040-7

Ⅰ.①青… Ⅱ.①林… Ⅲ.①散文集－中国－当代 Ⅳ.①I267

中国版本图书馆CIP数据核字(2022)第141866号

本书由台北九歌出版社有限公司授权出版

青春盛开：林清玄散文精选（青少版）
QINGCHUN SHENGKAI：LIN QINGXUAN SANWEN JINGXUAN（QINGSHAOBAN）
林清玄　著

| 出 品 人：陈　琛 |
| 选题策划：刘越新　王　峰 |
| 责任编辑：王　峰 |
| 封面设计：WONDERLAND Book design 仙德 QQ:344581934 |
| 封面绘图：关贞洁 |
| 排版制作：隋淑凤 |

出版发行：时代文艺出版社
地　　址：长春市福祉大路5788号　龙腾国际大厦A座15层　（130118）
电　　话：0431-81629751（总编办）　0431-81629758（发行部）
官方微博：weibo.com/tlapress
开　　本：710mm×1000mm　1/16
字　　数：175千字
印　　张：16.25
印　　刷：三河市万龙印装有限公司
版　　次：2023年1月第1版
印　　次：2023年1月第1次印刷
定　　价：40.00元

图书如有印装错误　请寄回印厂调换

青春为畔，永恒的河

一个夏日黄昏，释迦牟尼佛带着弟子在恒河边散步。

佛陀突然停住脚步，弟子也跟着停步了。

深情瞭望着恒河的佛陀悠悠地对弟子说："我第一次看恒河，是八岁的时候，母亲带我来看的。现在我八十岁了，眼前的恒河并没有什么改变，就像八岁和八十岁的我，还是同一个我，并无改变。"

弟子们听了佛陀的话语，想起自己八岁的情景，内心都有无尽的感触。

"但是，八岁的我和八十岁的我，外表却完全不同了。轮回也像如此，我们的心有一条恒河，永远也不会改变。"

弟子们看着远方的夕阳，都心开意解了。

我非常喜欢这个佛经的故事，轮回是一条河，流经童年，流过青春，历经岁月，历劫再生，我们都知道我还是我，但我已非我。

自序

我不是八岁的那个我，我也不是十八岁的那个我，改变是何其巨大，但不管外面的变化多大，外人的看法如何，只有自心知，我依然是那个在田间小路奔跑的我。

青衫依旧在，满楼红袖招

正是十八岁的时候，我从乡下到台北，当年台北是最繁华的所在，也是我心中最大的都城。

我住在亲戚的小房子里，每天不是画画，就是写诗，饿了就以馒头果腹。偶尔出门，就会穿上唯一一套洗得泛白的棉布衣裤，头抬得高高的，走路挺拔，像一只骄傲的公鸡。

"这满城都是我的天下呀！"

我就沿着城市大街小巷无止境地散步。

我觉得自己的内心有一股强大的张力，就像一朵蓄积能量的花苞，期待春天来临时，突然开放。

没想到的是，我在这个远方的都城，一住就是四十五年，依然在大街小巷不停地散步，年华却渐渐老去了。

我想到最早的那套棉布衣裤，不知道到何处去了。

再想想青春时代爱穿的几套衣服，曾留在照片里的，如今又安在呢？

原来，不只我们的形貌在变，我们的衣服也在变，更深夜静之时，我们只能褪尽一切，才能看到自己的本来面目。

每个人都有青衫与红袖的年代，有的人不免会多所留恋，有的人则心思平宁，看着青春与美好，回味与品尝。

也爱红樱，也爱白芒

朋友从欧洲回来，谈起年轻时疯狂着迷樱花的往事。

那是大学时代的往事，我们都来自南方的乡村，从来没见过樱花。

第一次上阳明山赏樱，千树万树的粉红、橙红、深红的樱花令我们目眩神迷。从此，只要樱花花季开始，我们都会坐上两小时的赏樱公车上山，一路向上攀行，并记忆樱花的形影。

樱花的魔力，是在于它总是全身心地，一丝不留地盛放，所有的生命开在当下，并且，一夕之间谢落，一朵不留。

若要赏樱，也要有樱花的精神，开与谢同样的奔放，生与死一样的全然，有与无照样的洒脱。

"还赏樱吗？"朋友说。

"一个花季去一两次。"我说。

隐藏在我内心的，与樱花一样狂热的青春之力，似乎也随岁月而消磨了。

现在比较常看的是秋天的芒花，芒花的美是含蓄的、内敛的、隐藏的。它以纯白来面对世界，一开数月，涵盖了整个秋季。

红樱与白芒是山的衣服，山并没有改变。

青衫与红袖是青春的衣服，人并没有改变。

垂髫与白发是内心的衣服，内心并没有改变。

我们有一条永远不会失去的永恒的河。

青春盛开，美好凝眸

最近，时代文艺出版社把我写给青春的散文编为一册，书名为《青春盛开：林清玄散文精选（青少版）》。想起青春二三事，并为序。

林清玄

二〇一六年秋天于台北清淳斋

目录

PART 1 / 励志·启示篇

和时间赛跑 / 3
射出去的箭 / 5
雪的面目 / 9
无风絮自飞 / 11
一个学生的价值 / 13
幸福终结者 / 17
枯萎的桃花心木 / 20
咸也好，淡也好 / 23

PART 2 / 成长·感恩篇

白雪少年 / 27
我唯一的松鼠 / 31
发芽的心情 / 36
散步去吃猪眼睛 / 42
悬崖边的树 / 47
在繁花中长大的孩子 / 50
水终有澄清的一天 / 54

鸳鸯香炉 / 56

秘密的地方 / 63

PART 3 / 亲情·幸福篇

流浪水 / 71

花子 / 74

娘子坑的午宴 / 77

戏 / 83

水牛故事 / 85

家有香椿树 / 87

期待父亲的笑 / 90

在梦的远方 / 96

太阳雨 / 102

刺花 / 107

过火 / 117

长命菜 / 128

飞鸽的早晨 / 131

新年新心新欢喜 / 140

寻找幸运草 / 143

冰糖芋泥 / 146

PART 4 / 生活·感悟篇

最有力量的,是爱 / 153

猫头鹰人 / 156

黄玫瑰的心 / 161

不要叫我们微笑 / 165

孩子的毕业旅行 / 168

东方不败与独孤求败 / 171

公平的交易 / 174

天下第一针 / 177

路上捡到一粒贝壳 / 181

清雅食谱 / 187

喝咖啡的酪梨 / 191

木鱼馄饨 / 195

最好的范本 / 199

不封冻的井 / 202

PART 5 / 思考·静心篇

心田上的百合花开 / 207

木炭与沉香 / 209

清欢 / 211

牛肉汁时代 / 218

月到天心 / 221

思想的天鹅 / 224

忧伤之雨 / 227

有情十二帖 / 229

季节十二帖 / 240

松子茶 / 246

梅香 / 249

PART 1 / 励志·启示篇

有一天我放学回家,
看到太阳快落山了,
就下决心说:"我要比太阳更快地回家。"
我狂奔回去,
站在庭院里喘气的时候,
看到太阳还露着半边脸,
我高兴地跳起来。
那一天我跑赢了太阳。

和时间赛跑

读小学的时候，我的外祖母去世了。外祖母生前最疼爱我。我无法排解自己的忧伤，每天在学校的操场上一圈一圈地跑着，跑得累倒在地上，扑在草坪上痛哭。

那哀痛的日子持续了很久，爸爸妈妈也不知道如何安慰我。他们知道与其骗我说外祖母睡着了，还不如对我说实话：你的外祖母永远不会回来了。

"什么是永远不会回来呢？"我问。

"所有时间里的事物，都永远不会回来了。你的昨天过去了，它就永远变成昨天，你再也不能回到昨天了。爸爸以前也和你一样小，现在再也不能回到你这么小的童年了。有一天你会长大，你也会像外祖母一样老，有一天你度过了你的所有时间，也会像外祖母一样永远不能回来了。"爸爸说。

爸爸等于给我说了一个谜，这个谜比"一寸光阴一寸金，寸金难买寸光阴"还让我感到可怕，比"光阴似箭，日月如梭"更让我有一种说不出的滋味。

以后，我每天放学回家，在庭院里看着太阳一寸一寸地沉进了山头，就知道一天真的过完了。虽然明天还会有新的太阳，但永远不会有今天的太阳了。

我看到鸟儿飞到天空，它们飞得多快呀。明天它们再飞过同样的路线，也永远不是今天了。或许明天飞过这条路线的，不是老鸟，而是小鸟了。

时间过得飞快，使我小心眼里不只是着急，还有悲伤。有一天我放学回家，看到太阳快落山了，就下决心说："我要比太阳更快地回家。"我狂奔回去，站在庭院里喘气的时候，看到太阳还露着半边脸，我高兴地跳起来。那一天我跑赢了太阳。以后我常做这样的游戏，有时和太阳赛跑，有时和西北风比赛，有时一个暑假的作业，我十天就做完了。那时我三年级，常把哥哥五年级的作业拿来做。每一次比赛胜过时间，我就快乐得不知道怎么形容。

后来的二十年里，我因此受益无穷。虽然我知道人永远跑不过时间，但是可以比原来跑快一步，如果加把劲，有时可以快好几步。那几步虽然很小很小，但作用却很大很大。

如果将来我有什么要教给我的孩子，我会告诉他：假若你一直和时间赛跑，你就可以成功。

射出去的箭

旧时在乡间，我亲手种植过的两种植物，常常给我很深刻的启示。

一种是竹子，一种是香蕉树，这两种植物都是靠着从根部长出的芽来繁殖的。竹子旁边长出的竹笋，通常要八年到十年才会成熟，当一株母竹长出幼苗的时候，为了让幼苗有自己的天地，长得高、长得好，就要通过移植的过程，将幼苗移开母竹，另外找一块土地栽种它。

香蕉树又不同，一株香蕉只能结一次果，收割香蕉的时候，就顺便将母株砍断，保留它根部的幼苗，死去的母株则成为幼苗最好的肥料；如果不砍断母株，那幼苗就难以长大，难以结出更好的香蕉。

大自然的生灭及转换全是经过这样的过程，所有会结果的植物，它的果必然是从母株脱落才能在土地上重生；如果它留在树上，它永远只是个果，不能长得像它的父母一样高大。

这些果，有时是和母体的根部相连，有的是在母体附近，另有一些繁殖力更强的植物，它们的种子会飘向更远的地方，像蒲公英的种子、棉花的种子、银合欢的种子，在强风的吹袭下，往往会飞到几里甚至几十里外的地方，假如飘进河里，它可能流到另外的国度。

虽然植物的孩子们离开了母亲，它也可能枯萎，可能毁灭，但它如果不离开母亲，就永远没有新的生机。从更大的角度来看，植物的孩子并不属于母亲，而属于大地。

动物也是如此。强大如狮子老虎，固然是年幼时期就要各自独立，弱小如兔子鸟雀，也不能永远在父母的羽翼之下。离开父母的动物有两个下场：一是不能独立而失败，一是自己发展而茁壮；倘若它不肯离开，就只有前面的一种下场。

动植物是不是深明这个道理我们不知道，但它是自然的演变与进化，则是无可置疑的。

我不明白的是，为什么自喻万物之灵的人，有许多人总不能体会这个道理。父母都害怕子女有一天会离开他们，都希望他们继承家业，因此，在子女幼小的时候，我们就为他们规划好了日后的路，期待他们往那划定的方向走；有的寄望他们走我们走过的旧路，有的企求他们完成我们未尽的理想。

这些既定的路是违反自然的，悲剧就不断地发生。像逼迫孩子考大学，不顾孩子的兴趣，孩子为了反抗而自杀；像反对儿子的婚姻，致使情爱生变，儿子纵火杀人了；像对小孩的期望太高，他无力达成，为了自求毁灭而抢劫了银行。这都是最近的社会新闻。在实际的人生中，亲子两代的问题更不知凡几。可叹的是，悲剧的肇因是父母不肯让小孩选择自己的路。当我看到悲剧发生，父母们悔恨痛苦地流泪，不知何以自处的时候，就觉得在这一方面，人实在不如一株小小的蒲公英。

每一只野鸽子都有它自己的黄昏，为什么父母一定要给他自己承受过的迟暮景色？每一株野百合只开百合花，为什么有的父母希望在野百合的株上开出蝴蝶兰呢？父母有什么权利给孩子决定他的大学、他的婚姻、他的事业、他的一生，难道有能力伴随他度过整个生命历程吗？

我想起多年以前读过一本卡里尔·纪伯伦的《先知》，里面有关于"孩子"的一章，他说：

> 你的孩子并不是你的。
>
> 他们是"生命"的子与女，产生于"生命"对它自身的渴慕。
>
> 他们经你而生，却不是你所造生。
>
> 虽然他们与你同在，却不属于你。
>
> 你可以给他们你的爱，却不是你的思想，
>
> 因为他们有他们自己的思想。
>
> 你可以供他们的身体以安居之所，却不可钢范他们的灵魂。
>
> 因为他们的灵魂居住在明日之屋，甚至在你的梦中你亦无法探访。
>
> 你可以奋力以求与他们相像，但不要设法使他们肖似你。

因为生命不能回溯，也不滞恋昨日。

你是一具弓，

你的子女好比有生命的箭借你而送向前方。

我觉得纪伯伦的《先知》中谈孩子谈得最好，天下望子成龙的父母都应该一读。我们造一支好箭要花费很多的时间，我们射箭的时候要用很大的力气，但是我们既造了箭，如果不射出去，再好再精致的箭又有什么用呢？

大自然的启示是无穷的，所有动植物的孩子都是"大地之子"，而不是属于他们的父母；所有的孩子都是为了明日而生，不是为父母的过去而生。我们宁可让他们在挫折与磨炼中成长，也不要让他们成为温室中的小花。

有哪一种动植物的父母，会为他的孩子找好落地的地方呢？

雪 的 面 目

在赤道，一位小学老师努力地给儿童说明"雪"的形态，但不管他怎么说，儿童也不能明白。

老师说：雪是纯白的东西。

儿童就猜测：雪是像盐一样。

老师说：雪是冷的东西。

儿童就猜测：雪是像冰淇淋一样。

老师说：雪是粗粗的东西。

儿童就猜测：雪是像砂子一样。

老师始终不能告诉孩子雪是什么，最后，他考试的时候，出了"雪"的题目，结果有几个儿童这样回答："雪是淡黄色，味道又冷又咸的砂。"

这个故事使我们知道，有一些事物的真相，用言语是无法表白的，对于没有看过雪的人，我们很难让他知道雪，像雪这种可看的、有形象的事物都是无法明明白白地讲，那么，对于无声无色、没有形象、不可捕捉的心念，如何能够清楚地表达呢？

我们要知道雪，只有自己到有雪的国度。

我们要听黄莺的歌声，就要坐到有黄莺的树下。

我们要闻夜来香的清气，只有夜晚走到有花的庭院。

那些写着最热烈优美的情书的，不一定是最爱我们的人；那些陪我们喝酒吃肉搭肩拍胸的，不一定是真朋友；那些嘴里说着仁义道德的，不一定有人格的馨香；那些签了约的字据呀，也有背弃与撕毁的时候！

这个世界最美好的事物，都是语言文字难以形容与表现的。

那么，让我们保持适度的沉默吧！在人群中，静观谛听；在独处的时候，保持灵敏。

就像我们站在雪中，什么也不必说，就知道雪了。

在雪中清醒的孤独，总比在人群中热闹的寂寞与迷惑要好些。

雪，冷而清明，纯净优美，念念不住，在某一个层次上，像极了我们的心。

无风絮自飞

在我们家乡有一句话，叫"菜瓜藤，肉豆须，分不清"，意思是丝瓜的藤蔓与肉豆的茎须一旦纠缠在一起，是无法分辨的。

因此，像兄弟分家产的时候，夫妻离婚的时候，有许多细节部分是无法处理的，老一辈的人就会说："菜瓜藤与肉豆须，分不清呀！"还有，当一个人有很多亲戚朋友，社会关系异常复杂的时候，也可以用这一句。以及一个人在过程中纠缠不清，甚至看不清结局之际，也可以用这一句来形容。

住在都市的人很难理解到这九个字的奥妙，因为他们没有机会看到丝瓜与肉豆藤须缠绵的样子。乡下人谈到人事难以理清的真实情境，一提到这句话都会不禁莞尔，因为丝瓜与肉豆在乡间是最平凡的植物，几乎家家都有种植。我幼年时代，院子的棚架下就种了许多丝瓜和肉豆，看到它们纠结错综，常常会令我惊异，真的是肉眼难辨，现在回想起来，感觉到现代人复杂难以理清的人际关系，确实像这两种植物藤蔓的纠缠，想找到丝瓜与肉豆的根与果是不难的，但要在生长的过程分辨就非常困难了。

有一次我发了笨心，想要彻底地分辨两者的不同，却把丝瓜和肉豆的茎叶都扯断了。父亲看见了觉得很好笑，就对我说："即使你能分辨这两株植物又有什么意义呢？你只要在它们的根部浇水施肥，好好地照顾让它们长大，等到丝瓜和肉豆长出来，摘下来吃就好了。丝瓜和肉豆都是种来食用的，不是种来分辨的呀！"

父亲的话给我很好的启示，在人生一切关系的对应上也是如此，一个人只要站稳脚跟，努力在向上生长，有时不免和别人纠缠，又有什么要紧呢？忘失自己的种种不愉快，最后就会结出果实来，当果实结成的时刻，一切的纠缠就不重要了。

另外一个启示就是自然，万事万物都有其自然的法则，依循这自然的发展，常常回头看看自己的脚跟，才是生命成长正常的态度。种什么样的因会结出什么样的果，是必然的，丝瓜虽与肉豆无法分辨，但丝瓜是丝瓜，肉豆是肉豆，这是永远不会变的，我们能做的就是让丝瓜长出好的丝瓜，让肉豆结出肥硕的肉豆！

丝瓜是依自然之序而生长结果，红花是这样红的，绿叶也是这样绿的，没有人能断绝自然而超越地活在世界，所以禅师说："不雨花犹落，无风絮自飞。"花与絮的飞落不必因为风雨，而是它已进入了生命的时序。

日本的道元禅师到中国习禅归国后，许多人问他学到了什么，他说："我已真正领悟到眼睛是横着长，鼻子是竖着长的道理，所以我空着手回来。"

听到的人无不大笑，但是立刻他们的笑声都冻结了，因为他们之中没有人知道为何鼻子直着长而眼睛横着长，这使我们知道，禅心就是自然之心，没有经过人生庄严的历练，是无法领会其中真谛的呀！

一个学生的价值

> 一个孩子的好坏与价值并非取决于成绩、特权或家境，因为一个孩子的存在，本身就有独立的、完整的、最珍贵的价值。

一位自称平凡的家庭主妇写信给我，她育有一子一女，分别就读中学三年级和中学一年级。

她的孩子有一天问她："为什么功课不好的人就不能和功课好的人一起玩？"使她感到锥心之痛。原因是有一次她的儿子到同学家玩，同学的母亲竟当场对孩子说："你以后不要到我家来玩。"并且转头告诫自己的儿子："你以后不要和功课不好的同学玩。"

因为对方的家长怕自己的孩子和功课不好的同学在一起玩会变坏。

这位明理的母亲虽然劝慰她的孩子，心里却非常难过，"功课不好"和"变坏"之间虽然天差地别，却成为我们这个社会对孩子衡量的标尺，那不准儿子和成绩不好的同学来往的母亲，只是凸显了那个标尺而已。

我很想告诉这个母亲，我从小就是"功课不好"的学生，读的学校往往都是不太高明的私立学校，有时还是学校的最后一名，我既不是师长眼中的"好学生"，也不是父母眼中的"坏学生"，我的学生时代往往是活在蓝与黑中间的灰色地带，但我从未对自己的价值怀疑。

也许我不是一个好的例子，那么来看看新当选的省长宋楚瑜吧！宋先生自谓在高中以前是成绩不佳的，由于不知道自己的特长在文史而选择读了理工科，结果不管多么努力，成绩总是不好，毕业时连大学都没考上。后来遇到一位家教，发现他的兴趣特长在文史，向宋父建议让他改读文史，从此平步青云，读到博士学位，还当了省长。

有时我会想：宋省长当年是不是也会因为成绩不好，遭到同学母亲的白眼呢？果真如此，那个母亲如今一定感到遗憾。

竞选台北市市长失利的黄大洲，高中以前的成绩也不怎么样，大学第一年也没考上，重考才上了台大农学院，后来进了康乃尔大学读到博士学位，虽然这次选举失败，他的求学奋斗过程还是很感人的。

因此，什么是"好学生"，什么是"坏学生"呢？有的人在小学是好学生，到了中学可能变成坏学生。也有从小学到大学都是坏学生，到社会却成为"好公民"。还有从小学、中学、大学一直读到博士，被公认为"好学生"的，后来贪污腐败，无所不为，甚至被关进牢里的。如果以一时一地成绩的好坏来作为评断的标准，是无法真正评估学生的好坏的。

过早品评学生的好坏，也不是一个健康社会的做法。

不仅是成绩好坏的评断标准而已，这位忧心的妈妈还谈了两个真实存在的现象：

一是全省几乎每个中学都有"特权班"，每年级都有三五班是地方名流政要与学校教职员子弟编成的班级，由学校教务处特别安排一流的导师，主科权威、副科权威负责功课。使得一般百姓的孩子无法在相等的立足点上竞争。

二是现在学校里有很多老师非常爱钱，到了匪夷所思的地步。

她认识的一个老师，开学时拿着点名簿，向学生一个一个问家长的职业，凡是开工厂、公司、商店等家境不错的学生，就在姓名上打钩，凡是工人、农民子弟等家境差的，就在名字上打叉。

然后，这位老师就常常到家境好的学生家里做"家庭访问"，隔几天就来卖一斤数千元的茶叶，过几天又来拉保险，再过几天又来卖维他命、化妆品等直销公司的东西。至于家境差的学生，老师两年内没有打过一次电话，更别说家庭访问了。

原来，一个学生的价值不只是由成绩来评定，也可以由"家境"来评定的。

比较反讽的是，那些排斥成绩不好的孩子母亲，往往自己读书时也没有什么好成绩；那些以"家境"好坏来评定一个学生价值的老师，往往一生都不会有好家境。那么，我们要如何去看待他们的价值呢？

我们当然都希望自己的孩子有好成绩，希望他们读"特权班"，希望自己有好家境以供老师的需索，但是往往不能如愿，不过也没有关系，一个孩子的好坏与价值并非取决于成绩、特权或家境，因为一个孩子的存在，本身就有独立的、完整的、最珍贵的价值。

幸福终结者

从前看童话书，有许多是关于王子和公主的故事，这种故事都是千篇一律，是公主受到某种妖魔或巫婆的咒术所魅惑，变成植物、动物，或长睡、或禁制而失去了自由。王子，英俊、潇洒、骑着白马、手拿宝剑，经过重重磨难，终于把公主救了出来，故事的终结总是："王子与公主从此过着幸福快乐的日子。"

虽然在小时候，我们就知道那个"从此"是不太可能的，但一读到"从此过着幸福快乐的日子"心里就充满一种特殊的感动，深知那不一定是个结局，却一定是个期望。

为什么说"从此过着幸福快乐的日子"不是结局，却是期望呢？因为除了童话，我们看许多卡通影片也是千篇一律的，一只弱小的动物或一个弱小的人，一开始总被强大的动物、人，或者压力，整得一塌糊涂，在故事的后半段，他们总是奋力一击，获得了最后的胜利，结局也可以说是"从此过着幸福快乐的日子"。

不幸的是，卡通影片与单产故事不同，它有续集，主角的幸福仿佛没有过多久，就要面临新的考验与压力，在挫败的角落中抗争，最后又得到一次幸福。然后，故事就周而复始地重复不已，卡通人物是不死的，所以他们的失败与压力不死，他们的幸福也总是在失落沉沦中重生。

不只童话或卡通是这样，在电视上演给大人看的警匪、侦探、情爱的单元剧，都是让我们看见了英雄一再地经受考验与重生。

这些，都使我们知道在人生里，借着外在世界的克服、奋斗，不一定能得到最后幸福的结局，因为只要这个世界不停止转动，人的挫折考验就不会终止，活在这世界一天，就不可能有"从此过着幸福快乐的日子"的一天。即使贵如王子与公主也不能逃出这个铁则，这就是为什么我们读古代王室的历史，发现争端、纠缠、丑闻的时代总比太平的时代多得多的原因。

是的，我们骑白马拿宝剑去砍杀妖魔、破除巫术，并不能使我们进入平安的境地。

我对于王子与公主的故事于是有了新的体会，如果我们把除妖魔的行动当成是一种象征，象征了王子去砍除了心中的妖魔，与纠缠在欲念上的巫迷，就可以使他断除一切心灵的纠葛，到达一个宽广、博大、慈悲、无所动摇的心境，那么他从此过着幸福快乐的日子并不是不可能。

不要说走在荆棘遍地、丑陋狰狞的地方了，就是走在地狱的炼火中，也能有清凉的甘露。佛教里有一尊地藏王菩萨，由于心地无限光明与无量慈悲，经常在地狱中救拔众生，当他走过地狱燃烧的烈火，每一朵火焰都化成一朵最美丽的红莲花，来承接他的双足，这是一则多么动人的启示呀！

我们对于最终的幸福，因而要有一个更新的体认，记不得是哪一个诗人说过："人们常为了追求幸福而倒在尘沙之中，而伊甸园就在左近。"莎士比亚更说过："快乐，不是一个地方，而是一个方向。"

幸福快乐不是一个结局，只是一个方向罢了，我们只能说一直在往那个方向走，而不能说是在朝那个结局前进。

只要我们去除心的葛藤，不断追求幸福的方向，就不只是让我们从黑暗之地走向光明，而是从光明的起点走向另一个光明的起点。

是什么使我们从光明走向光明？说穿了也很简单，就是回到心的清净，回到一个更广大的包容罢了。

最清净广大的心胸世界，才是幸福的终结者。

枯萎的桃花心木

乡下老家前面，有一块三千坪的空地，租给人家种桃花心木的树苗。

桃花心木是一种特别的树，树形优美，高大而笔直，从前老家林场种了许多，但打从我出生识物时，林场的桃花心木已是高达数丈的成林，所以当我看到桃花心木仅及膝盖的树苗，有点难以相信自己的眼睛。

种桃花心木苗的是一个高大的人，他弯腰种树的时候，感觉就像插秧一样，不同的是，这是旱地，不是水田。

树苗种下以后，他总是隔几天才来浇水，奇怪的是，他来的天数并没有规则，有时三天，有时五天，有时十几天来一次。浇水的量也不一定，有时浇得多，有时浇得少。

我住在乡下时，天天都会在桃花心木苗的小路散步，种苗木的人偶尔会来家里喝茶，他有时早上来，有时下午来，时间也不一定。

我感到越来越奇怪。

更奇怪的是，桃花心木有时就莫名地枯萎了，所以，他来的时候总会带几株树苗来补种。

我起先以为他太懒，隔那么久才为树浇水。

但是，懒的人怎么会知道有几棵树枯萎了呢？

后来我以为他太忙，才会做什么事都不按规律。

但是，忙的人怎么可能行事那么从容呢？

我忍不住问他：到底是什么时间来？多久浇一次水？桃花心木为什么无缘无故会枯萎？如果你每天来浇水，桃花心木苗应该不会这么容易就枯萎吧？

种树的人笑了，他说："种树不是种菜或种稻子，种树是百年的基业，不像青菜几个星期就可以采收。所以，树木自己要学会在土地里找水源，我浇水只是模仿老天下雨，老天下雨是算不准的，它几天下一次？上午或下午？一次下多少？如果无法在这种不确定中汲水生长，树苗很自然就枯萎了。但是，只要在不确定中找到水源、拼命扎根的树，长成百年的大树就不成问题了。"

种树的人语重心长地说："如果我每天都来浇水，每天都定时浇一定的量，树苗就会养成依赖的心，根就会浮生在地表上，无法探入地底，一旦我停止浇水，树苗会枯萎得更多。幸而可以存活的树苗，遇到狂风暴雨，也是一吹就倒了。"

种树者言，使我非常感动，想到不只是树，人也是一样，在不确定中生活的人，比较经得起生命的考验。因为在不确定中，我们会养成独立自主的心，不会依赖。在不确定中，我们深化了对环境的感受与情感的觉知。在不确定中，我们学会把更少的养分转化为巨大的能量，努力生长。

生命的法则不可能那么固定、那么完美，因为固定和完美的法则，就会养成机械式的状态，机械式的状态正是通向枯萎、通向死亡之路。

　　当我听过种树的人关于种树的哲学，每天走过桃花心木苗时，内心总会有某些东西被触动，这些树苗正努力面对不确定的风雨，努力学习如何才能找到充足的水源，如何在阳光中呼吸，一旦它学会这些本事，百年的基业也就奠定了。

　　现在，窗前的桃花心木苗已经长得与屋顶等高，是那么优雅而自在，宣告着自主的生命。

　　种树的人不再来了，桃花心木也不会枯萎了。

咸也好，淡也好

一个青年为着情感离别的苦痛来向我倾诉，气息哀怨，令人动容。

等他说完，我说："人生里有离别是好事呀！"

他茫然地望着我。

我说："如果没有离别，人就不能真正珍惜相聚的时刻；如果没有离别，人间就再也没有重逢的喜悦。离别从这个观点看，是好的。"

我们总是认为相聚是幸福的，离别便不免哀伤。但这幸福是比较而来，若没有哀伤作衬托，幸福的滋味也就不能体会了。

再从深一点儿的观点来思考，这世间有许多的"怨憎会"，在相聚时感到重大痛苦的人比比皆是，如果没有离别这件好事，他们不是要永受折磨、永远沉沦于恨海之中吗？

幸好，人生有离别。

因相聚而幸福的人，离别最好，使那些相思的泪都化成甜美的水晶。

因相聚而痛苦的人，离别最好，雾散云消看见了开阔的蓝天。

可以因缘离散，对处在苦难中的人，有时候正是生命的期待与盼望。

聚与散、幸福与悲哀、失望与希望，假如我们愿意品尝，样样都有滋味，样样都是生命中不可或缺的。

当年高僧弘一大师，晚年把生活与修行统合起来，过着随遇而安的生活。有一天，他的老友夏丏尊来拜访他，吃饭时，他只配一道咸菜。

夏丏尊不忍地问他："难道这咸菜不会太咸吗？"

"咸有咸的味道。"弘一大师回答道。

吃完饭后，弘一大师倒了一杯白开水喝，夏丏尊又问："没有茶叶吗？怎么喝这平淡的开水？"

弘一大师笑着说："开水虽淡，淡也有淡的味道。"

我觉得这个故事很能表达弘一大师的道风，夏丏尊因为和弘一大师是青年时代的好友，知道弘一大师在李叔同时代，有过歌舞繁华的日子，故有此问。弘一大师则早就超越咸淡的分别，这超越并不是没有味觉，而是真能品味咸菜的好滋味与开水的真清凉。

生命里的幸福是甜的，甜有甜的滋味。

情爱中的离别是咸的，咸有咸的滋味。

生活的平常是淡的，淡也有淡的滋味。

我对年轻人说："在人生里，我们只能随遇而安，来什么品味什么，有时候是没有能力选择的。就像我昨天在一个朋友家喝的茶真好，今天虽不能再喝那么好的茶，但只要有茶喝就很好了。如果连茶也没有，喝开水也是很好的事呀！"

PART 2
成长·感恩篇

一直到现在,
我只要想起中学生活,
王雨苍老师那高大的身影、红润的双颊就会在眼前浮现,
想到他最常对我说的:"你一定会成功的,不要自暴自弃呀!"
我不知道自己是不是王老师寻找的沧海遗珠,
但我知道好老师正如同悬崖边的树,
能挡住那些失足坠落的学生。

白 雪 少 年

　　我小学时代使用的一本字典，被母亲细心地保存了十几年，最近才从母亲的红木书柜里找到。那本字典被小时候粗心的手指扯掉了许多页，大概是拿去折纸船或飞机了，现在怎么回想都记不起来，由于有那样的残缺，更使我感觉到一种任性的温暖。

　　更惊奇地发现是，在翻阅这本字典时，找到一张已经变了颜色的"白雪公主泡泡糖"的包装纸，那是一张长条的鲜黄色纸，上面用细线印了一个白雪公主的面相，于今看起来，公主的图样已经有一点粗糙简陋了。至于如何会将白雪公主泡泡糖的包装纸夹在字典里，更是无从回忆。

　　到底是在上课时偷偷吃泡泡糖夹进去的，还是有意地保存了这张包装纸呢？翻遍字典也找不到答案。记忆仿佛自时空遁去，渺无痕迹了。

　　唯一记得的倒是那一种旧时乡间十分流行的泡泡糖，是粉红色长方形十分粗大的一块，一块五毛钱。对于长在乡间的小孩子，那时的五毛钱非常昂贵，是两天的零用钱，常常要咬紧牙根才买来一块，一嚼就是一整天，吃饭的时候把它吐在玻璃纸上包起，等吃过饭再放到口里嚼。

父亲看到我们那么不舍得一块泡泡糖，常生气地说："那泡泡糖是用脚踏车坏掉的轮胎做成的，还嚼得那么带劲儿！"记得我还傻气地问过父亲："是用脚踏车轮胎做的？怪不得那么贵！"惹得全家人笑得喷饭。

说是"白雪公主泡泡糖"，应该是可以吹出很大气泡的，却不尽然。吃那泡泡糖多少靠运气，记得能吹出气泡的大概五块里才有一块，许多是硬到吹弹不动，更多的是嚼起来不能结成固体，弄得一嘴糖沫，赶紧吐掉，坐着伤心半天。我手里的这一张可能是一块能吹出大气泡的包装纸，否则怎么会小心翼翼地夹作纪念呢？

我小时候并不是很乖巧的那种孩子，常常为着要不到两毛钱的零用就赖在地上打滚，然后一边打滚一边偷看母亲的脸色，直到母亲被我搞烦了，拿到零用钱，我才欢天喜地地跑到街上去，或者就这样跑去买了一个白雪公主，然后就嚼到天黑。

长大以后，再也没有在店里看过"白雪公主泡泡糖"，都是细致而包装精美的一片一片的"口香糖"；每一片都能嚼成形，每一片都能吹出气泡，反而没有像幼年一样能体会买泡泡糖靠运气的心情。偶尔看到口香糖，还会想起童年，想起嚼白雪公主的滋味，但也总是一闪而逝，了无踪迹。直到看到字典中的包装纸，才坐下来顶认真地想起白雪公主泡泡糖的种种。

如果现在还有那样的工厂，恐怕不再是用脚踏车轮制造，可能是用飞机轮子了——我这样游戏地想着。

那一本母亲珍藏十几年的字典，薄薄的一本，里面缺页的缺页、涂抹的涂抹，对我已经毫无用处，只剩下纪念的价值。那一张泡泡糖的包装纸，整整齐齐，毫无毁损，却宝藏了一段十分快乐的记忆；使我想起真如白雪一样无瑕的少年岁月，因为它那样白那样纯净，几乎所有的事物都可以涵容。

那些岁月虽在我们的流年中消逝，但借着非常非常微小的事物，往往一勾就是一大片，仿佛是草原里的小红花，先是看到了那朵红花，然后发现了一整片大草原，红花可能凋落，而草原却成为一个大的背景，我们就在那背景成长起来。

那朵红花不只是白雪公主泡泡糖，可能是深夜里巷底按摩人悠长的笛声，可能是收破铜烂铁老人沙哑的叫声，也可能是夏天里卖冰淇淋小贩的喇叭声……有一回我重读小学时看过的《少年维特的烦恼》，书里就会夹着用歪扭字体写成的纸片，只有七个字"多么可怜的维特"！其实当时我哪里知道歌德，只是那七个字，让我童年伏案的身影整个显露出来，那身影可能和维特是一样纯情的。

有时候我不免后悔童年留下的资料太少，常想："早知道，我不会把所有的笔记簿都卖给收破烂的老人。"可是如果早知道，我就不是纯净如白雪的少年，而是一个多虑的少年了。那么丰富的资料原也不宜留录下来，只宜在记忆里沉潜，在雪泥中找到鸿爪，或者从鸿爪体会那一片雪。

这样想时，我就特别感恩着母亲。因为在我无知的岁月里，她比我更珍视我所拥有过的童年，在她的照相簿里，甚至还有我穿开裆裤的照片。那时的我，只有父母有记忆，对我是完全茫然了，就像我虽拥有白雪公主泡泡糖的包装纸，那块糖已完全消失，只留下一点儿甜意——那甜意竟也有赖母亲爱的保存。

我唯一的松鼠

我拥有的第一只动物是一只小松鼠,那是小学一年级的事了。小学一年级,我家住在乡间,有一日从学校回家在路边捡到一只瘦弱颤抖的小松鼠,身上的毛还未长全,一双惊惧的刚张开的眼睛转来转去。我把它捧在手上,拼命地跑回家,好像捡到什么宝物,一路跑的时候还能感受到松鼠的体温。

回家后,我找到一节粗大的竹筒剖成两半,铺上破布做了小松鼠的窝,可是它的食物却使我们全家都感到紧张。那时牛奶还不普遍,经过妈妈的建议,我在三餐煮饭的时候从上面捞取一些米汤,用撕破的钙粉袋子喂给它吃。饥饿的松鼠紧紧吸吮着米汤使我们都安心了。

慢慢地,那只松鼠长出光亮的棕色细毛,也能一扭一扭地爬行。每天为它准备食物,成为我生活里最快乐的事。幸好我们住在乡间,家里还有果园,我时常去采摘熟透的木瓜、番石榴、香蕉,小心地捣碎来喂我的松鼠。它快速地长大从尾巴最能看出来,原来无毛细瘦、走起路来拖在地上的尾巴,慢慢丰满起来,长满松松的毛,还高傲地翘着。

从爬行、跑路到跳跃竟如同瞬间的事，一个学期还未过完，松鼠已经完全成为一个翩翩的少年了。

小松鼠仿佛记得我的救命之恩，非常乖巧听话。白天我去上学的时候，它自己跑到园里去觅食，黄昏的时候就回到家来躲在自己的窝里。夜里我做功课的时候，松鼠就在桌子旁边绕来绕去，这边跳那边跑，有时还跑来蹭人的脚掌。妈妈常说："这只松鼠一点儿都不像松鼠，真像一只猫哩！"小松鼠的乖巧赢得了全家人的喜爱。

有时候我早回家，只要在园子里吹几声口哨，它就像一阵风从园子里不知的角落窜出来，蹲在我的肩膀上，转着滴溜溜的眼睛，然后我们就在园子里玩着永不厌倦的追逐游戏。松鼠跑起来姿势真是美，高高竖起的尾巴像一面迎风招展的旗子，那面旗跑在泥地上像一阵烟，转眼飞逝。

自从家里养了松鼠，老鼠也减少了，那是我第一次知道松鼠还会撵老鼠，夜里它绕着房子蹦跳，可能老鼠也分不清它是什么动物，只好到别处去觅食了。

我家原来养了许多动物，有七八条鬣狗土狗，是经常跟随爸爸去打猎的；有十几只猫，每天都在庭院里玩耍的。这些动物大部分来路不明，由于我家是个大家庭，日常残羹剩菜很多，除了养猪，妈妈经常把几个大盆放在院子里，喂食那些流落乡野的猫狗。日久，许多猫狗都留了下来，有比较好的狗，爸爸就挑出来训练它们捉野兔打山猪的本事，这些野狗们都有一分情，它们往往能成为比名种狗更好的猎犬；因为它们不挑食，对生命的留恋也不如名种狗，在打猎时往往能义无反顾，一往无前。

但是这些猫狗向来是不进屋的，它们的天地就是屋外广大的原野，夜里就在屋檐下各自找安睡的地方，清晨才从各角落冒出来。自从小松鼠来了以后，它是唯一睡在屋里的，又懂事可爱，特别得到家人的宠爱。原先我们还担心有那么多猫狗，松鼠的安全堪虑，后来才发现这种担心完全是不必要的，小松鼠和猫狗也玩得很好。我想，只要居住在一个无边的广大空间，连动物也能有无私的心。

有趣的是，小松鼠好像在冥冥中知道我是捡拾它回来的人，与我特别亲密，它虽然与哥哥弟弟保持良好的关系，但也仅止于召唤，从来不肯跳到他们身上，却常常在我做功课的时候就蹲在我的腿上睡着了。有时候我带松鼠到学校去，把它放在书包里，头尾从两边伸出，它也一点儿都不惊慌。

松鼠与我的情感，使我刚上学的时候有一段有声音有色彩、明亮跳跃的时光。同学们都以为这只松鼠受过特别的训练，其实不然，它只是路边捡来养大而已。我成年以后回想起来，才知道如果松鼠有过训练，唯一的训练内容就是一种儿童最无私最干净的爱。

隔年冬天的一个晚上，我吃过晚饭像往日一样回到书房做功课，为了赶写第二天大量的作业还特别削尖了所有的铅笔。松鼠如同往日，跳到我的毛衣里取暖，然后在书桌边绕来绕去玩一只小皮球。我的作业太多，赶写到深夜还不能写完，就伏在桌子上睡着了。

被夜凉冻醒的时候，我被眼前的影像吓呆了，放声痛哭。我心爱的松鼠不知何时已死在我削尖倒竖拿在手中的铅笔上，那支铅笔正中地刺入松鼠的肚子，鲜血流满了我的整只右手，甚至溅满了笔记簿，血迹已经干了，松鼠冰凉的身体也没有了体温。我到现在还清楚记得那一幅惊悸的影像，甚至我写的作业本也清楚记得。

那一天，老师规定我们每个人写自己的名字两百遍，我的笔记本上密密麻麻地写着自己的名字，而松鼠的血则滴滴溅满在我的名字上，那一刻我说不出有多么痛恨自己的作业，痛恨铅笔，痛恨自己的名字，甚至痛恨留作业的老师。我想，如果没有它们，我心爱的松鼠就不会死了。

我惊吓哀痛的哭声，吵醒了为明日农田上工而早睡的父母，妈妈看到这幅影像也禁不住流下泪来，我扑在妈妈怀里时还紧紧地抱住那只松鼠。我第一次养的动物，真正属于我自己的动物，就这样一夜间死了。死得何其之速，死得何等凄惨，如今我回想起来，心里还会升起一股痛伤的抽动。如果说我懂得人间有哀伤，知道人世有死别，第一次最强烈的滋味是松鼠用它的生命给了我的。我至今想不通松鼠为何会那样死去，一定是它怕我写不完作业来叫醒我，而一跳就跳到铅笔上——当时我确实是这样想的。

我把死去的松鼠，用溅了它的血的毛衣包裹，还把刺死它的铅笔放在一边，一起在屋后的蕉园掘了一个小小的坟墓埋葬。做好新坟的时候，我站在旁边默默地流泪，那时也是我第一次知道，所有的物件与躯壳都可以埋葬，唯有情感是无法埋葬的，它如同松鼠的精魂永远活着。

后来我也养过许多松鼠，总是养大以后一跑就了无踪影，毫不眷恋主人，偶有一两只肯回家的，也不听使唤，和人也没有什么情感。每遇到这种情况，我就疑惑，在松鼠那么广大的世界里，为什么偏有一只那么不同的、充满了爱的松鼠会被我捡拾，和我共度一段美好的时光呢？莫非这个世界在冥冥中真有什么特别的安排？使我们与动物也有一种奇特的缘分？

猫狗当然不用说了，在我成长的过程中，我养过老鹰、兔子、穿山甲、野斑鸠、麻雀、白头翁，甚至也养过一头小山猪、一只野猴，但没有一只动物能像第一只松鼠那样与我亲近，也没有一只像松鼠那样是被我捡拾、救活，而在我的手中死亡的。

松鼠的死给我的童年铺上一条长长的暗影，日后也常从暗影走出来使我莫名忧伤。经过二十几年了，我才确信人与动物、人与人间有一种不能测知的命运，完全是不能知解的推动我们前行，使我们一程一程地历经欢喜与哀伤，而从远景上看，欢喜与哀伤都是一种沧桑，我们是活在沧桑里的；就像如今我写松鼠的时候，心里既温暖又痛心，手上好像还染着它的血，那血甚至烙印在我写满的名字上，永世也不能洗清。它是我生命里唯一的动物，永远在启示我的爱与忧伤。

发芽的心情

有一年,我在武陵农场打工,为果农收成水蜜桃与水梨。那时候是冬天了,清晨起来要换上厚重的棉衣,因为山中的空气格外有一种清冽的冷,深深地呼吸时,凉沁的空气就涨满了整个胸肺。

我住在农人的仓库里,清晨挑起箩筐到果园子里去,薄雾正在果树间流动,等待太阳出来时往山边散去。在薄雾中,由于枝丫间的叶子稀疏,可以清楚地看见那些饱满圆熟的果实,从雾里浮凸出来,青鲜的还挂着夜之露水的果子,如同刚洗过一个干净的澡。

雾掠过果树,像一条广大的河流般,这时阳光正巧洒下满地的金线,果实的颜色露出来了,梨子透明一般,几乎能看见表皮内部的水分。成熟的水蜜桃有一种粉状的红,在绿色的背景中,那微微的红如鸡心石一样,流动着一棵树的血液。

我最喜欢清晨曦光初见的时刻。那时一天的劳动刚要开始,心里感觉到要开始劳动的喜悦,而且面对一片昨天采摘时还青涩的果子,经过夜的洗礼,竟已成熟了,可以深切地感觉到生命的跃动，知道每一株果树全有着使果子成长的力量。我小心地将水蜜桃采下，放在已铺满软纸的箩筐里，手里能感觉到水蜜桃的重量，以及那充满甜水的内部质地。捧在手中的水蜜桃，虽已离开了它的树枝，却像一株果树的心。

采摘水蜜桃和梨子原不是粗重的工作，可是到了中午，全身大致已经汗湿，中午冬日的暖阳使人不得不脱去外面的棉衣。这样轻微的劳作为何会让人汗流浃背呢？有时我这样想着。后来找到的原因是：水蜜桃与水梨虽不粗重，但它们那样容易受伤，非得全神贯注不可——全神贯注也算是我们对大地生养的果实一种应有的尊重吧！

才一个月的时间，我们差不多把果园中的果实完全采尽了，工人们全散工转回山下，我却爱上那里的水土，经过果园主人的准许，答应让我在仓库里一直住到春天。能够在山上过冬是我意想不到的事，那时候我早已从学校毕业，正等待着服兵役的征集令，由于无事，心情差不多放松下来了。我向附近的人借到一副钓具，空闲的时候就坐着噗噗的客运车，到雾社的碧湖去徜徉一天，偶尔能钓到几条小鱼，通常只是看饱了风景。

有时候我坐车到庐山去洗温泉，然后在温泉岩石上晒一个下午的太阳；有时候则到比较近的梨山，在小街上散步，看那些远从山下来赏冬景的游客。夜间一个人在仓库里，生起小小的煤炉，饮一壶烧酒，然后躺在床上，细细地听着窗外山风吹过林木的声音，才深深觉得自己是完全自由的人，是在自然与大地工作过、静心等候春天的人。

采摘过的果园并不因此就放了假，果园主人还是每天到园子里去，做一些整理剪枝除草的工作，尤其是剪枝，需要长期的经验与技术，听说光是剪枝一项，就会影响了明年的收成。我四处游历告一段落，有一天到园子去帮忙整理，我看见的园中景象令我大大地吃惊。因为就在一个月前曾结满了累累果实的园子，这时全像枯去了一般，不但没有了果实，连过去挂在枝尾端的叶子也都凋落净尽，只有一两株果树上，还留着一片焦黄的在风中抖颤的随时要落在地上的黄叶。

园子中的落叶几乎铺满，走在上面窸窣有声，每一步都把落叶踩裂，碎在泥地上。我并不是不知道冬天树叶会落尽的道理，但是对于生长在南部的孩子，树总是常绿的，看到一片枯树反而觉得有些反常。

我静静地立在园中，环目四顾，看那些我曾为它们的生命、为它们的果实而感动过的果树，如今充满了肃杀之气，我不禁在心中轻轻地叹息起来。同样的阳光，同样的雾，却洒在不同的景象之上。

曾经雇用我的主人，不能明白我的伤感，走过来拍我的肩，说："怎么了？站在这里发呆？"

"真没想到才几天的工夫，叶子全落尽了。"我说。

"当然了，今年不落尽叶子，明年就长不出新叶了，没有新叶，果子不知道要长在哪里呢！"园主人说。

然后他带领我在园中穿梭，手里拿着一把利剪，告诉我如何剪除那些已经没有生长力的树枝。他说那是一种割舍，因为长得太密的枝丫，明年固然能结出许多果子，但一棵果树的力量是一定的，太多的树枝可能结出太多的果，但会使所有的果都长得不好，经过剪除，就能大致把握明年的果实。我虽然感觉到那对一棵树的完整有伤害，但一棵果树不就是为了结果吗？为了结出更好的果，母株总要有所牺牲。

我看到有的拇指粗细的枝丫被剪落，还流着白色的汁液，我说："如果不剪枝呢？"

园主人说："你看过山里野生的芭乐吗？它的果子会一年比一年小，等到树枝长得太盛，根本就不能结果了。"

我们在果园里忙碌地剪枝除草，全是为了明年的春天做着准备。春天，在冬日的冷风中感觉起来是十分遥远的日子，但是当拔草的时候，看到那些在冬天也顽强抽芽的小草，似乎春天就在那深深的土地里，随时等候着涌冒出来。

果然，让我们等到了春天。

其实说是春天还嫌早，因为气温仍然冰冷一如前日。我到园子去的时候，发现果树像约定好的一样，几乎都抽出绒毛一样的绿芽，那些绒绒的绿昨夜刚从母亲的枝干挣脱出来，初面人世，每一片都绿得像透明的绿水晶，抖颤地睁开了眼睛。我看到尤其是初剪枝的地方，芽抽得特别早，也特别鲜明，仿佛是在补偿着母亲的阵痛。我在果树前深深地受到了感动，好像我也感觉了那抽芽的心情。那是一种春天的心情，只有在最深的土地中才能探知。

我无法抑制心中的兴奋与感动，每天第一件事就是跑去园子，看那些喧哗的芽一片片长成绿色的叶子，并且有的还长出嫩绿的枝丫，逐渐在野风中转成褐色。有时候，我一天去看过好几次，感觉黄昏的落日里，叶子长得比当日黎明要大得多。那是一种奇妙的观察，确实能知道春天的讯息。春天原来是无形的，可是借着树上的叶、草上的花，我们竟能真切地触摸到春天——冬天与春天不是天上的两颗星那样遥远，而是同一株树上的两片叶子，那样密结地跨着步。

我离开农场的时候，春阳和煦，人也能感觉到春天的肤触了。园子里的果树也差不多长出整树的叶子，但是有两株果树也没有发出新芽，枝丫枯干，一碰就断落，它们已经在冬天里枯干了。

果园的主人告诉我，每一年过了冬季，总有一些果树就那样死去了，有些当年还结过好果的树也不例外，他也想不出什么原因，只说："果树和人一样也有寿命，短寿的可能未长果就夭折，有的活了五年，有的活了十几年，真是说不准的。奇怪的是，果树的死亡真没有什么征兆，有的明明长得好好的，却就那样地死去了……"

"真是奇怪，这些果树是同时播种，长在同一片土地上，受到相同的照顾，种类也都一样，为什么有的到了冬天以后就活不过来呢？"我问道。

我们都不能解开这个谜题，站在树前互相对望。夜里，我为这个问题而想得失眠了。果树在冬天落尽叶子，为何有的春天不能复活呢？园子里的果树都还年轻，不应该这样就死去的！

"是不是有的果树不是不能复活，而是不肯活下去呢？就像有一些人失去了生的意志而自杀了？或者说在春天里发芽也要心情，那些强悍的树被剪枝，它们用发芽来补偿，而比较柔弱的树被剪枝，则伤心地失去了春天的期待与心情。树，是不是也有心情呢？"我这样反复地问自己，知道难以找到答案，因为我只看到树的外观，不能了解树的心情。就像我从树身上知道了春的讯息，我并不完全了解春天。

我想到，人世里的波折其实也和果树一样。有时候我们面临了冬天的肃杀，却还要被剪去枝丫，甚至流下了心里的汁液。有那些懦弱的，他就不能等到春天，只有永远保持春天的心情等待发芽的人，才能勇敢地过冬，才能在流血之后还能繁叶满树，然后结出不剪枝前更好的果。

多年以来，我心中时常浮现出那两株枯去的水蜜桃树，尤其是受到什么无情的波折与打击时，那两株原本无关紧要的树，它们的枯枝就像两座生铁雕塑，从我的心中撑举出来，我就对自己说："跨过去，春天不远了，我永远不要失去发芽的心情。"而我果然就不会被冬寒与剪枝击败，虽然有时静夜想想，也会黯然流下泪来，但那些泪在一个新的春天来临时，往往成为最好的肥料。

散步去吃猪眼睛

不久前，在家附近的路上散步，发现转来转去的一条小巷尽头，新开张了一家灯火微明的小摊，那对摊主夫妇，就像我们在任何巷子任何小摊上见到的主人一样，中年发福的身躯，满满的善意微笑堆在胖盈盈的脸上，热情地招呼着往来过路的客人。

摊子上卖的食物也极平常，米粉汤、臭豆腐、担仔面、海带卤蛋，猪头肉，甚至还有红露酒，以及米酒加保力达，是那种随时随意小吃细酌的地方。我坐下来，叫了一些小菜一杯酒，才发现这个小摊子上还卖猪眼睛、猪肺、猪肝——这三样东西让我很震惊，因为它们关联了我童年的一段记忆。

我便就着四十烛光的小灯，喝着米酒。吃着那几种平凡而卑微的小菜，想起小菜内埋藏的辛酸滋味。

童年的时候家住在偏远的乡下，家不远处有一个小小的市场，市场口不知道什么时候就成了个去吃点心消夜的摊子，哥哥和我经常到市场口去玩，去看热闹，去看那些蹲踞在长板条凳上吃消夜的乡人，我们总是咽着口水，站在远远的地方看着。对于经常吃番薯拌饭的乡下穷孩子，吃消夜仿佛是一个相当遥远的梦想。有时候站得太近了，哥哥总会紧紧拉着我的手，匆匆从市场口离开。

后来，哥哥想了一个办法，每在星期天节假日就携着我的手到家后面的小溪摸蛤，那条宁静轻浅的小溪生产着数量丰富的蛤仔、泥鳅和鱼虾。我们找来一个旧畚箕，溯着溪流而上，一段一段地清理溪中的蛤仔，常常忙到太阳西下，就能摸到几斤重的蛤仔，我们把蛤仔批售给在市场里摆海鲜摊位的"蚵仔伯"，换来一些零散的角子，我们把那些钱全瞒着爸妈存在锯空的竹筒里。

秋天的时候，我们就爬到山上去捡蝉壳，透明的蝉壳粘挂在野生的相思树上，有时候挂得累累的像初生不久的葡萄；有时候我们也抓蜈蚣、蛤蟆，全部集中起来卖给街市里的中药铺，据说蝉壳、蜈蚣、蛤蟆都可以用来做中药，治那些患有皮肤病的人。

有时我们跑到更远的地方，去捡到处散置的破铜烂铁，以一斤五毛钱的价格卖给收旧货的摊子。

春天是我们收入最丰盛的时间，稻禾初长的时候，我们沿着田沟插竹枝，竹子上用钓钩钩住小青蛙，第二天清晨就去收那些被钩在竹枝上的田蛙，然后提到市场去叫卖；稻子长成收割了，我们则和一群孩童到稻田中拾穗仔，那些被农人遗落在田里的稻穗，是任何人都可以去捡拾的，还有专门收购这些稻穗的人。

甘蔗收成完了，我们就到蔗田捕田鼠，把田鼠卖给煮野味的小店，或者是灌吞肠的贩子。后来我们有了一点儿钱，哥哥带我去买了一张捕雀子的网，就挂在稻田的旁边，捕捉进网的小麻雀，运气好的话还可以捉到野斑鸠，或失群的鸽子。

我们那些一点一滴的收入全变成角子,偷偷地放置在我们共有的竹筒里,竹筒的钱愈积愈多,我们时常摇动竹筒!听着银钱在里面喧哗的响声,高兴得夜里都难以入眠。

哥哥终于做了一个重大决定,说:"我们到市场口去吃消夜。"我们商量一阵,把日期定在布袋戏大侠一江山到市场口公演的那一天,日子到的时候,我们剖开竹筒,铜板们像不能控制的潮水哗啦啦散了一地,差一点儿高声欢呼起来,哥哥捧着一堆铜板告诉我:"这些钱我们可以吃很多消夜了。"

我们各揣了一口袋的铜板到市场口,决定好好大吃一顿,挤在人丛里看大侠一江山,心却早就飞到卖小吃的地方了。

戏演完了,我们学着乡人的样子,把两只脚踩蹲在长条凳上,各叫一碗米粉汤,然后就不知道要吃什么才好了,又舍不得花钱,憋了很久,哥哥才颤颤地问:"什么肉是最便宜的?"胖胖的老板娘说:"猪眼睛、猪肺、猪肝都很便宜。"

"各来两块钱吧!"我和哥哥异口同声地说。

那天夜里我们吹着口哨回家——我们终于吃过消夜了,虽然那要花掉我们一个月辛苦工作的成绩。猪眼睛、猪肺、猪肝都是一般人不吃的东西,我们却觉得有说不出的美味,那种滋味恐怕也说不清楚,大概是我们吃着自己血汗付出的代价吧!

后来我们每当工作了一段时间,哥哥就会说:"我们去吃猪眼睛吧!"我们就携着手走出家门前悠长的巷子,有很好的兴致在乡道上散步,我们会停下来看光辉闪照的月亮,会充满喜乐地辨认北极星的方位,觉得人生的一切真是美好,连噪呱的蛙鸣都好听——没有特别的原因，只是因为我们要散步去吃猪眼睛。

有一次我们存了一点儿钱，就想到戏院里看正在上映的电影，看电影对我们也是一种奢侈，平常我们都是去捡戏尾仔，或者在戏院门口央求大人带我们进去，这一次我们终于可以用自己赚来的钱去看电影了。

到电影院门口，我们才知道看一场电影竟要一块半，而我们身上只有两块钱，哥哥买了一张票，说："你进去看吧，我在外面等你，你出来后再告诉我演些什么。"我说："哥，还是你进去看，你脑子好，出来再说故事给我听。"两人争执半天，我拗不过哥哥，进去看那场电影，演的是日本电影《黄金孔雀城》，那是个热闹的电影，可是我怎么也看不下去，只是惦记着坐在戏院外面台阶上的哥哥，想到为什么我们不能一起坐着看电影呢？

电影没看完我就跑出来，看到哥哥冷清的背影，支着肘不知在想什么事情，戏院外不知何时下起细雨来的，雨丝飘飘地淋在哥哥理光的头颅上。

"戏演完了？"哥哥看到我的时候说。

我摇摇头。

"这个戏怎么这样短，别人为什么都没有出来？"

我又摇摇头。

"演些什么？好不好看？"

我忍着一泡泪，再摇摇头。

"你怎么搞的嘛？戏到底演些什么？"哥哥着急地询问着。

"哥哥……"我忍不住号啕大哭起来，一句话也说不清楚。我们就相拥着在戏院门口的微雨中哭泣起来，哭了半天，哥哥说："下次不要再花钱看电影了，还是去吃猪眼睛好。"我们就在雨里散步走回家，路过市场口，都禁不住停下来看着那个卖猪眼睛的摊子。

经过这么多年，我完全记不得第一次自己花钱看的电影演些什么，然而哥哥穿着小学卡其制服，理得光光的头颅，淋着雨冷清清的背影却永不能忘，愈是冲刷愈有光泽。

自从发现住家附近有了卖猪眼睛的摊子，我就时常带着妻子去吃猪眼睛，并和她一起回忆我那虽然辛苦却色泽丰富的童年，我们时常无言地散步，沿着幽暗的巷子走到尽头去吃猪眼睛，仿佛一口口吃着自己的童年。

每当我工作辛苦，感到无法排遣的时候，就在散步去吃猪眼睛的路上，我会想起在溪流中、在山林间、在稻田里的我最初的劳动，并且想起我敬爱的哥哥童年时代坐在戏院门口等我的背影。这些旧事使我充满了力量，觉得人生大致上还是美好的，即使猪眼睛也有说不出的美味。

悬崖边的树

好老师正如同悬崖边的树，

能挡住那些失足坠落的学生。

我读初中的时候，成绩不好。由于对课外书及美术的热爱，我的初中生活一直过得迷迷糊糊，好像一转眼就升上初三了。

就在初三刚开始不久，父亲把我叫去，说："像你的这种成绩，我的脸都被你丢尽了，我看你初中毕业不要去高雄参加联考了，你去台南考。"

我当场怔在那里，因为在我居住的乡镇，所有的孩子都是参加高雄联考，去台南考试，无异就是放逐，连在乡镇里的旗美高中也不能考了。

不知道哪里来的勇气，我自己一个人跑到台南去考高中，放榜的时候发现考上一个从未听说过的高中"私立瀛海高中"。

瀛海高中刚成立不久，是超迷你的学校，每一年级只有三个班，整个高中加起来只有三百多人。学校坐落在盐碱地带，几乎可以用"寸草不生"来形容，土地因为盐分过高，一片灰白色。

学校独立于郊野，四面都是蔗田和稻田。

记得注册时是爸爸陪我去的，他看到那么简陋的校舍和荒凉的景色，大吃一惊，非常讶异地问我："你怎么会考上这种学校？"

由于学生很少，大部分的学生都住校，我也开始了离家的生活。

住在学校认识了许多死党，加上无人管教，我的心就像鸟飞出笼子一样，几乎把所有的时间用来读课外书、画画和写文章。每到假日，就跑到台南市去看电影、逛书店。

我的高中生活大致是快乐的，除了功课以外。学校的功课日渐令我厌烦，赤字一天一天增加，到高一结束时，有一大半儿的功课都是补考才通过的。

这时，我默默地准备辍学或转学，当我把这想法告诉爸爸，他气得好几天不和我说话，有一天他终于开口了："你再读一学期，真的不行，再转回来吧！"

升上高二，我换了导师，是一位七十岁的老头，听说是早年北京大学毕业的，因为在省中退休，转到私校来教。他就是后来彻底改造我的王雨苍老师。

开学不久，他叫我去他家包饺子，然后告诉我："你在报纸上的文章我看过，写得真不错。"这是第一位确定那些文章是我写的老师，以前的老师都以为只是同名同姓的人。

然后，王老师告诉我，他从事教育工作快五十年了，差不多学生的素质一眼就可以看出来。他之所以退而不休，转到私立学校教书，不只是为了兴趣，也是为了寻找沧海遗珠。

吃完师母的饺子告辞的时候，王老师搂着我的肩膀说："你有什么想法，随时可以来找老师谈谈，林清玄，你不要自暴自弃呀！"我从未被老师如此感性地对待，当场就红了眼睛。

接下来就像变魔术一样，我把一部分的心力用在课业上，功课虽然不好，都还在及格边缘。

由于王老师的鼓励，我把大部分心力用在写作上，不仅作品陆续发表在报章①杂志上，还连续两次得到全台南市中学作文比赛的第一名，使我增强了对自己的信心，也更确定日后的写作之路。

不管是写作文或周记，或是发表在报上的文章，王雨苍老师总是仔细斟酌修改，与我热心讨论，使我在升学至上的压力中还有喘息的空间，渴望成为作家的梦想是我在高中生活中，犹如大海里的浮木，使我不致没顶，王老师则是和我一起坐在浮木上的人，并且帮我调整了浮木的方向。

在我高中毕业的时候，我不再对前途畏惧了，虽然大学的考试一直不顺利，我知道，我的写作不会再被动摇了。

一直到现在，我只要想起中学生活，王雨苍老师那高大的身影、红润的双颊就会在眼前浮现，想到他最常对我说的："你一定会成功的，不要自暴自弃呀！"

我不知道自己是不是王老师寻找的沧海遗珠，但我知道好老师正如同悬崖边的树，能挡住那些失足坠落的学生。

现在时空遥隔了，老师的魂魄已远，但我仿佛看到在最陡峭的悬崖边，还长着翠绿的大树。

---

① 报纸的早期称谓。——编者注

在繁花中长大的孩子

一桂表姐家住在沟坪，却不把孙子送到隔着一畦田就到的沟坪小学，而送到十里外的金竹小学。每天光是骑摩托车送孙子去上学，就要花掉半小时。

亲戚朋友都不能理解，一桂表姐总是开玩笑地说："到金竹小学，最差也能读到第八名。"

当大家感到迷惑的时候，她总会开怀大笑："因为那里一班只有八个学生，最后一名就是第八名呀！"

一桂表姐当然不是为了名次才把孙子送去金竹，而是金竹小学实在太美了，美到不像是一所学校，像是一座花园，美到超过都市人想象的程度。

金竹小学背后是山，前面也是山，前后的山上都种满刺竹。秋天的时候，刺竹叶转成金黄色，在晨光或夕照下，是连成一片的金黄。这是"金竹村"和"金竹小学"得名的由来。

金竹小学后面金黄竹林的坡下是河流，前面是马路，到金竹的路两旁是果林：芭乐、枣子、荔枝、杨桃、龙眼、莲雾、橘子。冬季的水果正在盛产，满枝、满园、满路的芭乐、橘子、杨桃和枣子，全是饱满欲滴，就好像走入了钻石与翠玉的森林。

到金竹的路标除了水果园，就是花了。马路两旁都种满紫色的九重葛；沿路前行，当看到一片黄钟花与金莲花的时候，金竹小学就到了。

金竹小学是非常迷你的小学，全校加上校长只有七个老师，学生五十五名。除了四年级十一名，一到六年级都是个位数。所以，校长和学生、学生和学生，不论大小都是互相熟识的，甚至与学生家长也都熟识。由于这种熟识，金竹小学就成为金竹村的社区中心。

金竹小学的朱锡华校长和江文瑞主任都是爱花的人，并且深信"环境的教育可以美化心灵"，于是携手营造"校园就是花园"的梦想。

课余的时间，学校的校长、主任、老师带着孩子总动员，在校园种花莳草，短短几年的时间，不论四季，校园都开满了花。

初到的访客通常会被那么繁盛的花吓一跳，遍地都是凤仙花、金莲花、金盏花、大丽花、朱槿和黄蝉。凤凰树干上则沿树开满了蝴蝶兰，开在头顶上的是黄钟花和九重葛。走廊上则是用椰子壳环保花盆吊挂的各式花卉，花从盆中满溢，仿佛一阵风来，就会飞舞下来。

由于花实在太多了，校园实在太美了，六年前的春节，金竹小学举办了"田园春暖美化心灵"的系列活动，让社区以外的人也来赏花。从此，每到过年，外地到金竹的人络绎不绝，甚至引起塞车。有时来赏花的超过五千人，正好是全校师生的一百倍。

我问朱校长用花来教育孩子最大的心得。

朱校长说："在美丽的环境下长大的孩子会爱惜自己。我在金竹小学八年多，教过的孩子没有一个变坏的。"

"在美丽的环境下长大的孩子也会爱惜环境。像学校教室的玻璃，四五年来还没有打破过一块。"

谈起一开始把学校做成花园的情景，朱校长坚持把盆花都摆在校园里，少数的老师担心会被村民拿走，校长说："我一点也不担心他们拿走，还希望把花送给大家。"。

于是，学校把大量的花苗送给村民，几年下来，所有金竹村民都成为爱花的人，如果有美丽的花或找到新的品种，就会带回来送给学校。金竹村也成了一座大花园。

我想到古书上说的："风俗之厚薄奚自乎？在一二人心之所向！（自乎一二人心之所向而已。）"移风易俗的工作看起来艰难，只要有一二人坚持美好的向往，也不是不可能的。金竹小学不是一个最好的见证吗？

把十几年青春岁月都奉献给金竹小学的江文瑞主任说："在繁花中长大的孩子，心里也会开满了繁花。"

江主任陪我们在校园中散步。我看着满园的花卉，觉得金竹的孩子是有福报的，每天在美丽的包围下读书。我看着江主任，他的肤色黝黑、身体健壮，最动人的是一对澄澈无染的眼睛，觉得金竹的孩子是幸运的，能受教于这么用心和有爱心的老师。

临别的时候，江主任送我一盆酢浆草，是一种非常罕见的品种，每一株都是四片的叶子，正是我多年来在寻找的"幸运草"，没想到幸运草在金竹小学都是如此稀松平常。江主任说："如果把幸运草移植到花园，明年就有一大片幸运草了。"

从金竹小学回来的路上，我们特别跑去一桂表姐家喝茶。表姐活泼爽朗，一点儿也看不出是六十几岁的人；在金竹小学就读的小孙子，简直美丽得像一朵金莲花。

我对表姐说："阿姐每天在金竹转来转去，怪不得越来越年轻有气质了。"

表姐大笑："对呀！越来越花了呢！"

水终有澄清的一天

在我童年居住的三合院，沿着屋檐滴水的沟槽下，摆了一排大水缸。

水缸有半人高，缸口大到双手环抱，是为了接盛从屋顶上流下来的雨水。从前的乡下没有自来水，必须寻求各种水源：一方面凿井而饮；一方面到河边挑水灌溉；下雨天蓄在水缸的水，则用来洗衣洗澡，这样不但可以惜福，还能减轻到河边挑水的负累。

刚下过雨的水缸是浑浊的，放一些明矾进去，等个两三天，水才会慢慢地澄清。

由于要让水澄清很难，需要很长的时间，但使水浑浊却只要一下子，因此，妈妈严格规定我们不能去玩水缸的水。玩水的后果就是在水缸边罚站。

"不可以玩水缸的水。"不只是我们家的规矩，乡下三合院的孩子全都知道这个教训。

但是，不玩自己家的水，并不表示不玩别人家的水。

我们家正好在去中学必经的路上，每天有成百上千的学生走过。有一些喜欢恶作剧的孩子，路过的时候会突然冲进院子，每个水缸都搅一下，然后呼啸着跑走。

这可恶的举动，使我们又愤慨，又紧张。为了防止水被弄浑，我们终日都坐在院子里，等待恶作剧的孩子。

但是，我们也不可能整天坐在院子里，有时要上学；有时要工作，一旦稍有疏忽，孩子们就冲进来把水弄浑。

这使我们更陷入痛苦之中。

妈妈看我们被几缸水弄得心神不宁，就安慰我们："你们的心比水缸的水还容易被混乱。那些恶作剧的孩子，你们越在乎，他们就越喜欢；如果不理他们，时间一久，就没什么好玩了。你们各人去做该做的事，不要管水。水，终有澄清的一天。"

我们听了妈妈的话，该上学的上学、该工作的工作，不再理会恶作剧的孩子。他们也很快就失去兴趣，水，也自然地澄清了。

"水，终有澄清的一天。"妈妈的教诲，常常在我被误解、扭曲、诬陷的时刻，从水缸中浮现出来。我们的心像水一样容易被混乱，但在混乱之际，不需要过度的紧张与辩白，需要的是安静如实的生活。当我们的心清明，水缸的水自然就澄清了。

至今，我每次走过乡下的三合院，童年院子里的水缸历历在目，就会想到一个洁身自爱的人，心境就有如水缸的水，来自天地，自然澄清。生命中的曲解无明，是一时一地的，智慧与情境的清明追求，却是生生世世的。

一秒钟的混乱，可能要三天才能清明，但只要我们一直迈向更高的境界，水，终有澄清的一天。

鸳 鸯 香 炉

　　一对瓷器做成的鸳鸯，一只朝东，一只向西，小巧灵动，仿佛刚刚在天涯的一角交会，各自轻轻拍着羽翼，错着身，从水面无声划过。

　　这一对鸳鸯关在南京东路一家宝石店中金光闪烁的橱窗一角，它鲜艳的色彩比珊瑚宝石翡翠还要灿亮，但是由于它的游姿那样平和安静，竟仿若它和人间全然无涉，一直要往远方无止境地游去。

　　再往内望去，宝石店里供着一个小小的神案，上书"天地君亲师"五个大字，晨香还未烧尽，烟香缭绕，我站在橱窗前不禁痴了，好像鸳鸯带领我，顺着烟香的纹路游到我童年的梦境里去。

　　记得我还未识字以前，祖厅神案上就摆了一对鸳鸯，是瓷器做成的檀香炉，终年氤氲着一缕香烟，在厅堂里绕来绕去，檀香的气味仿佛可以勾起人沉深平和的心胸世界，即使是一个小小孩儿也被吸引得意兴飘飞。我常和兄弟们在厅堂中嬉戏，每当我跑过香炉前，闻到檀香之气，总会不自觉地出了神，呆呆看那一缕轻淡但不绝的香烟。

尤其是冬天，一缕直直飘上的烟，不仅是香，甚至也是温暖的象征。有时候一家人不说什么，夜里围坐在香炉前面，情感好像交融在炉中，并且烧出一股淡淡的香气了。它比神案上插香的炉子让我更深切感受到一种无名的温暖。

最喜欢夏日夜晚，我们围坐听老祖父说故事，祖父总是先慢条斯理地燃了那个鸳鸯香炉，然后坐在他的藤摇椅中，说起那些还流动血泪声香的感人故事。我们依在祖父膝前张开好奇的眼眸，倾听祖先依旧动人的足音响动，愈到星空夜静，香炉的烟就直直升到屋梁，绕着屋梁飘到庭前来，一丝一丝，萤火虫都被吸引来，香烟就像点着萤火虫尾部的光亮，一盏盏微弱的灯火四散飞升，点亮了满天的向往。

有时候是秋色萧瑟，空气中有一种透明的凉，秋叶正红，鸳鸯香炉的烟柔软得似蛇一样升起，烟用小小的手推开寒凉的秋夜，推出一扇温暖的天空。从潇湘的后院看去，几乎能看见那一对鸳鸯依偎着的身影。

那一对鸳鸯香炉的造型十分奇妙，雌雄的腹部连在一起，雄的稍前，雌的在后。雌鸳鸯是铁灰一样的褐色，翅膀是绀青色，腹部是白底有褐色的浓斑，像褐色的碎花开在严冬的冰雪之上，它圆形的小头颅微缩着，斜依在雄鸳鸯的肩膀上。

雄鸳鸯和雌鸳鸯完全不同，它的头高高仰起，头上有冠，冠上是赤铜色的长毛，两边色彩斑斓的翅翼高高翘起，像一个两面夹着盾牌的武士。它的背部更是美丽，红的、绿的、黄的、白的、紫的全开在一处，仿佛春天里怒放的花园，它的红嘴是龙吐珠，黑眼是一朵黑色的玫瑰，腹部微芒的白点是满天星。

那一对相偎相依的鸳鸯，一起栖息在一片晶莹翠绿的大荷叶上。

鸳鸯香炉的腹部相通，背部各有一个小小的圆洞，当檀香的烟从它们背部冒出的时候，外表上看像是各自焚烧，事实上腹与腹间互相感应。我最常玩的一种游戏，就是在雄鸳鸯身上烧了檀香，然后把雄鸳鸯的背部盖起来，烟与香气就会从雌鸳鸯的背部升起；如果在雌鸳鸯的身上烧檀香，盖住背部，香烟则从雄鸳鸯的背上升起来；如果把两边都盖住，它们就像约好的一样，一瞬间，檀香就在腹中灭熄了。

倘若两边都不盖，只要点着一只，烟就会均匀地冒出，它们各生一缕烟，升到中途慢慢氤氲在一起，到屋顶时已经分不开了，交缠的烟在风中弯弯曲曲，如同合唱着一首有节奏的歌。

鸳鸯香炉的记忆，是我童年的最初，经过时间的洗涤愈久，形象愈是晶明，它几乎可以说是我对情感和艺术向往的最初。鸳鸯香炉不知道出于哪一位匠人之手，后来被祖父购得，它的颜色造型之美让我明白体会到中国民间艺术之美；虽是一个平凡的物件，却有一颗生动灵巧的匠人心灵在其中游动，使香炉经过百年都还是活的一般。民间艺术之美总是平凡中见真性，在平和的贞静里历百年还能给我们新的启示。

关于情感的向往，我曾问过祖父，为什么鸳鸯香炉要腹部相连？祖父说：

鸳鸯没有单只的。鸳鸯是中国人对夫妻的形容。夫妻就像这对香炉，表面各自独立，腹中却有一点儿心意相通，这种相通，在点了火的时候最容易看出来。

我家的鸳鸯香炉每日都有几次火焚的经验，每经一次燃烧，那一对鸳鸯就好像靠得更紧。我想，如果香炉在天际如烽火，火的悲壮也不足以使它们殉情，因为它们的精神和象征立于无限的视野，永远不会畏怯，在火炼中，也永不消逝。比翼鸟飞久了，总会往不同的方向飞；连理枝老了，也只好在枝丫上无聊地对答。鸳鸯香炉不同，因为有火，它们不老。

稍稍长大后，我识字了，识字以后就无法抑制自己的想象力飞奔，常常从一个字一个词句中飞腾出来，去找新的意义。"鸳鸯香炉"四个字就使我想象力飞奔，觉得用"鸳鸯"比喻夫妻真是再恰当不过，"鸳"的上面是"怨""鸯"的上面是"央"。

"怨"是又恨又叹的意思，有许多抱怨的时刻，有很多无可奈何的时刻，甚至也有很多苦痛无处诉的时刻。"央"是求的意思，是诗经中说的"和铃央央"的和声，是有求有报的意思，有许多互相需要的时刻，有许多互相依赖的时刻，甚至也有很多互相怜惜求爱的时刻。

夫妻生活是一个有颜色、有生息、有动静的世界，在我的认知里，夫妻的世界几乎没有无怨无尤幸福无边的例子，因此，要在"怨"与"央"间找到平衡，才能是永世不移的鸳鸯。鸳鸯香炉的腹部相通是一道伤口，夫妻的伤口几乎只有一种药，这药就是温柔,"怨"也温柔,"央"也温柔。

所有的夫妻都曾经拥抱过、热爱过、深情过,为什么有许多到最后分飞东西,或者郁郁而终呢?爱的诺言开花了,虽然不一定结果,但是每年都开了更多的花,用来唤醒刚坠入爱河的新芽,鸳鸯香炉是一种未名的爱,不用声名,千万种爱都升自胸腹中柔柔的一缕烟。把鸳鸯从水面上提升到情感的诠释,就像鸳鸯香炉虽然沉重,它的烟却总是往上飞升,或许能给我们一些新的启示吧!

至于"香炉",我感觉所有的夫妻最后都要迈入"共守一炉香"的境界,久了就不只是爱,而是亲情。任何婚姻的最后,热情总会消退,就像宗教的热诚最后会平淡到只剩下虔敬;最后的象征是"一炉香",在空阔平朗的生活中缓缓燃烧,那升起的烟,我们逼近时,可以体贴的感觉;我们站远了,还有温暖。

我曾在万华的小巷中看过一对看守寺庙的老夫妇,他们的工作很简单,就是在晨昏时上一炷香,以及打扫那一间被岁月剥蚀的小屋。我去的时候,他们总是无言,轻轻的动作,任阳光一寸一寸移到神案之前,等到他们工作完后,总是相携着手,慢慢左拐右弯地消失在小巷的尽头。

我曾在信义路附近的巷子口,看过一对捡拾破烂的中年夫妻,丈夫吃力地踩着一辆三轮板车,口中还叫着收破烂特有的语言,妻子经过每家门口,把人们弃置的空罐酒瓶、残旧书报一一丢到板车上,到巷口时,妻子跳到板车后座,熟练安稳地坐着,露出做完工作欣慰的微笑,丈夫也突然吹起口哨来了。

我曾在通化街的小面摊上，仔细地观察一对卖牛肉面的少年夫妻；丈夫总是自信地在热气腾腾的锅边下面条，妻子则一边招呼客人，一边清洁桌椅，一边还要蹲下腰来洗涤油污的碗碟。在卖面的空当，他们急急地共吃一碗面，妻子一径地把肉夹给丈夫，他们那样自若，那样无畏地生活着。

我也曾在南澳乡的山中，看到一对刚做完香菇烘焙工作的山地夫妻，依偎着共坐在一块大石上，谈着今年的耕耘与收成，谈着生活里最细微的事，一任顽皮的孩童丢石头把他们身后的鸟雀惊飞而浑然不觉。

我更曾在嘉义县内一个大户人家的后院里，看到一位须发俱白的老先生，爬到一棵莲雾树上摘莲雾，他年迈的妻子围着布兜站在莲雾树下接莲雾，他们的笑声那样年少，连围墙外都听得清明。他们不能说明什么，他们说明的是一炉燃烧了很久的香还会有它的温暖，那香炉的烟虽弱，却有力量，它顺着岁月之流可以飘进任何一扇敞开的门窗。每当我看到这样的景象，总是站得远远的仔细听，香炉的烟声传来，其中好像有瀑布奔流的响声，越过高山，流过大河，在我的胸腹间奔湍。如果没有这些生活平凡的动作，恐怕也难以印证情爱可以长久吧！

童年的鸳鸯香炉，经过几次家族的搬迁，已经不知流落到什么地方，或者在另一个少年家里的神案上，再要找到一个同样的香炉恐怕永不可得，但是它的造型、色泽，以及在荷叶上栖息的姿势，却为时日久还是鲜锐无比。每当在情感挫折生活困顿之际，我总是循着时间的河流回到岁月深处去找那一盏鸳鸯香炉，它是情爱最美丽的一个鲜红落款，情爱画成一张重重叠叠交缠不清的水墨画，水墨最深的山中洒下一条清明的瀑布，瀑布所要流到的那个无止境的地方是香炉美丽明晰的章子。

鸳鸯香炉好像暗夜中的一盏灯，使我童年对情感的认知乍见光明，在人世的幽晦中带来前进的力量，使我即使只在南京东路宝石店橱窗中，看到一对普通的鸳鸯瓷器都要怅然良久。就像坐在一个黑乎乎的房子里，第一盏点着的灯最明亮，最能感受明与暗的分野，后来即使有再多的灯，总不如第一盏那样，让我们长记不熄；坐在长廊尽处，纵使太阳和星月都冷了，群山草木都衰尽了，香炉的微光还在记忆的最初，在任何可见和不可知的角落，温暖地燃烧着。

秘密的地方

在我的故乡，有一弯小河。

小河穿过山道、穿过农田、穿过开满小野花的田原。晶明的河水中是累累的卵石，石上的水迈着不整齐的小步，响着淙淙的乐声，一直走出我们的视野。

在我童年的认知里，河是没有归宿的，它的归宿远远地看，是走进了蓝天的心灵里去。

每年到了孟春，玫瑰花盛开以后，小河淙淙的乐声就变成响亮的欢歌，那时节，小河成为孩子们最快乐的去处，我们时常沿着河岸，一路闻着野花草的香气散步，有时候就跳进河里去捉鱼摸蛤，或者沿河插着竹竿钓青蛙。

如果是雨水丰沛的时候，小河低洼的地方就会形成一处处清澈的池塘，我们跳到里面去游水，等玩够了，就爬到河边的堤防上晒太阳，一直晒到夕阳从远山的凹口沉落，才穿好衣服回家。

那条河，一直是我们居住的村落人家赖以维生的所在，种稻子的人，每日清晨都要到田里巡田水，将河水引到田中；种香蕉和水果的人，也不时用马达将河水抽到干燥的土地；那些种青菜的人，更依着河边的沙地围成一畦畦的菜圃。

　　妇女们，有的在清晨，有的在黄昏，提着一篮篮的衣服到河边来洗涤，她们排成没有规则的行列，一边洗衣一边谈论家里的琐事，互相做着交谊，那时河的无言，就成为她们倾诉生活之苦的最好对象。

　　在我对家乡的记忆里，故乡永远没有旱季，那条河水也就从来没有断过，即使在最阴冷干燥的冬天，河里的水消减了，但河水仍然像蛇一样，轻快地游过田野的河岸。

　　我几乎每天都要走过那条河，上学的时候我和河平行着一路到学校去；游戏的时候我们差不多都在河里或河边的田地上。农忙时节，我和爸爸到田里去巡田水，或用麻绳抽动马达，看河水抽到蕉园里四散横流；黄昏时分，我也常跟母亲到河边浣衣。母亲洗衣的时候，我就一个人跑到堤防上散步，踮起脚跟，看河的尽头到底是在什么地方。

　　我爱极了那条河，不知道为什么，在那个封闭的小村镇里，我一注视着河，心灵就仿佛随着河水，穿过田原和市集，流到不知名的远方——我对远方一直是非常向往的。

　　大概是到了小学三年级的时候吧，学校要举办一次远足，促使我有了沿河岸去探险的决心。我编了一个谎言，告诉母亲我要去远足，请她为我准备饭盒；告诉老师我家里农忙，不能和学校去远足。第二天清晨，我带着饭盒从我们家不远处的河段出发，那时我看到我的同学们一路唱着歌，成一路纵队，出发前往不远处观光名胜。

我心里知道自己的年纪尚小，实在不宜于一个人单独去远地游历，但是我盘算着，和同学去远足不外是唱歌玩游戏，一定没有沿河探险有趣，何况我知道河是不会迷失方向的，只要我沿着河走，必然也可以沿着河回来。

那一天阳光格外明亮，空气里充满了乡下田间独有的草香，河的两岸并不如我原来想象的充满荆棘，而是铺满微细的沙石；河的左岸差不多是沿着山的形势流成的，河的右岸边缘正是人们居住的平原，人的耕作从右岸一直拓展开去，左岸的山里则还是热带而充满原始气息。蒲公英和银合欢如针尖一样的种子，不时从山上飘落在河中，随河水流到远处去。我想这正是为什么不管在何处都能看到蒲公英和银合欢的原因吧！

对岸山里最多的是相思树，我是最不爱相思树的，总觉得它们树干长得畸形，低矮而丑怪，细长的树叶好像也永远没有规则，可是不管喜不喜欢，它正沿路在和我打着招呼。

我就那样一面步行，一面欣赏风景，走累了，就坐在河边休息，把双脚泡在清凉的河水里。走不到一个小时，我就路经一个全然陌生的市镇或村落，那里的人和家乡的人打扮一样，他们戴着斗笠，卷起裤脚，好像刚刚从田里下工回来。那里的河岸也种菜，浇水的农夫看到我奇怪地沿河岸走着，都亲切地和我招呼，问我是不是迷失了路，我告诉他们，我正在远足，然后就走了。

再没有多久，我又进入一个新的村镇，我看到一些妇女在河旁洗衣，用力地捣着衣服，甚至连姿势都像极了我的母亲。我离开河岸，走进那个村镇，彼时我已经识字了，知道汽车站牌在什么地方,知道邮局在什么地方,我独自在陌生的市街上穿来走去。看到这村镇比我居住的地方残旧,街上跑着许多野狗,我想,如果走太远赶不及回家,坐汽车回去也是个办法。

我又再度回到河岸前行,然后我慢慢发现,这条河的右边大部分都被开垦出来了,而且那些村落里的人们都有一种相似的气质和生活态度,他们依靠这条河生活,不断地劳作,并且群居在一起,互相依靠。我一直走到太阳往西偏斜,一共路过八个村落和城镇,觉得天色不早了,就沿着河岸回家。

因为河岸没有荫蔽,回到家我的皮肤因强烈的日炙而发烫,引得母亲一阵抱怨:"学校去远足,怎么走那么远的路?"随后的几天,同学们都还在远足的兴奋情绪里絮絮交谈,只有我没有什么谈话的资料,但是我的心里有一个秘密的地方——就是那条小河,以及河两岸的生命。

后来的几年里,我经常做着这样的游戏,沿河去散步,并在抵达陌生村镇时在里面溜达嬉戏,使我在很年幼的岁月里,就知道除了我自己的家乡,还有许多陌生的广大天地,它们对我的吸引力大过于和同学们做无聊而一再重复的游戏。

日子久了,我和小河有一种秘密的情谊,在生活里受到挫败时总是跑到河边去和小河共度;在欢喜时,我也让小河分享。有时候看着那无语的流水,真能感觉到小河的沉默里有一股脉脉的生命,它不但以它的生命之水让两岸的农民得以灌溉他们的田原,也能安慰一个成长中的孩子,让我在挫折时有一种力量,在喜悦时也有一个秘密的朋友分享。笑的时候仿佛听到河的欢唱,哭的时候也有小河陪着低吟。

　　长大以后，常常思念故乡，以及那条贯穿其中的流水，每次想起，总像保守着一个秘密，那里有温暖的光源如阳光反射出来。

　　是不是别人也和我一样，心中有一个小时候秘密的地方呢？它也许是一片空旷的平野，也许是一棵相思树下，也许是一座大庙的后院，也许是一片海滩，甚至是一本能同喜怒共哀乐一读再读的书册……它们宝藏着我们成长的一段岁月，里面有许多秘密是连父母兄弟都不能了解的。

　　人人都是有秘密的吧！它可能是一个地方，可能是一段爱情，可能是不能对人言的荒唐岁月，那么总要有一个倾诉的对象，像小河与我一样。

　　有一天我路过外双溪，看到一条和我故乡一样的小河，竟在那里低回不已。我知道，我的小河时光已经远远逝去了，但是我清晰地记住那一段日子，也相信小河保有着我的秘密。

PART 3
亲情·幸福篇

爸爸牵我左手，
妈妈执我右手，
在金光万道的晨曦中，
我们终于出发了。
一路上远山巅顶的云彩千变万化，
我们对着阳光的方向走去，
爸爸伟岸的躯体和妈妈细碎的步子伴随着我。

流 浪 水

孩子跟老师到海边去，回来后用了一夜的时间，告诉我海边的故事，他们到海边后去看海、吃鱼丸、坐渡轮，他说："渡轮上有一个像电扇一样旋转的东西，一直噗噗噗打着海水，海水被打到后面去，渡轮只好前进了。"

他说："老师叫我们蹲着，伸手去摸海水，海水好冰喔，比我们家水龙头的水还冰。"

他说："海好大好大，有好多的鱼、虾、螃蟹都可以在里面生活，但是他们可能没有办法游遍整个海，因为太大了嘛！对不对？"

……

我问孩子："那么，你对海，觉得最好玩的是什么？"

他说："是流浪水。"

"流浪水？"

"是呀！流浪水就是一下子打到海边上又退回去，隔一下子又打到海边上的那种水。许多鱼呀虾呀都跟着流浪水，流上来呀，又流下去。它们一生下来就在流浪水里，长大了在流浪水里，最后死了也在流浪水里。老师说，有很多鱼虾长在海底，那里的水不是流来流去，很可能它们从来不知道自己在流浪水里……"

我对孩子说："那不叫流浪水，那是海浪。"

"流浪水不就是海浪吗？"孩子用天真的眼睛看着我。

"对，流浪水就是海浪。"我说。

孩子才安心地去睡觉了。

深夜里，我思考着孩子的话，所有的海中动物是生长在流浪水里，它们一生都在海里流浪着，当然从来没有一只海中的动物可以游遍整个海。有很多深海里的动物，从来不知道是一波一波地流浪着，然后它们在无波的深海里，平静地死去。

流浪水是多么美丽的海之印象呀！

海的动物是生活在流浪水里，我们陆上的众生何尝不是生活在流浪水里呢？我们的流浪水是时间，一个白天一个黑夜规律的循环，不正如打在岸上又退去的流浪水吗？从小的角度看，当然每个白天和黑夜都不同，可是从大的观点看，白天黑夜不正是我们看海浪一样，没有什么差别吗？

可叹的是，很少有人警觉到时间的流浪水，他们就会在没有观照的景况下度过一生。

警觉到时间的流浪水仍然不够，其实每一个人有了觉醒之后，心性就会像大海一样，看着潮涨潮落，知悉心海的浪循环之周期，这些海浪再汹涌，在海底最深的地方，是宁静而安适的。因为深刻地观照了流浪，便不会被流浪水所转，不会在拍岸时欢喜，也不会在退落时悲哀，胸怀广大，含容了整个大海。

自性心水的流露正像这样，因此在生命中觉悟而进入深海里的人，与从来不知道流浪水的人是不一样的，前者无惧于生死的流浪，后者则对生死流浪因无知而恐惧，或者因愚昧而纵情欢乐。

花　　子

　　三年前我退役，背着袋子要北上的时候，爸爸取出一罐小瓶子，里面是他亲手培养出来的花子，他小心翼翼地交给我说："你到台北后，如果有一个花园，就把它种了。"我便带着这个小瓶子和一袋故乡的泥土上台北。

　　我很想马上把它种了。

　　可是上台北后，一直过着租赁的日子，住在小小的公寓中，难得找到一撮土地，更不要说一个花园了。那罐父亲的花子便无依地躺在我的袋中，随着我东飘西荡。每次搬家看见那些花子，就想起每日清晨在花园中工作的父亲，什么时候才能找到一个花园呢？我总是想着。

　　最近，我找到一个有花园的房子，又因为工作忙碌，就把它摆在鞋柜子里，有一天，我拉开鞋柜看到那一罐花子和那一袋泥土，就把它撒在家前的花园里。

　　那时候已经是严冬了，花子又摆了三年，到底会不会活呢？我写信告诉爸爸，爸爸写了一封信来说："只要有土地，花子就可以活。"他又附寄来一包肥料。

我每天照料着那一片撒了花子的土地，浇水、施肥，在凛冽的寒风中，我总是担心着，也许它就会埋在土地里断丧了生机吧！

在冬天来临的第二个月有一天我开窗的时候，突然发现一群花子吐了新芽，那些芽在浓郁的花园里，嫩绿到教我吃惊，是什么力量，让那一罐从台湾南部带来的花子，在北地的寒风中也能吐露亮丽的新芽呢？

花子吐芽的那几日，我常兴奋地无法睡去，总惦念着那些脆弱的花芽，而那是什么样的花呢？我问爸爸，他说："等它开了花，你就知道了。"

那个小小花圃中的芽长得出乎意料的快，我几乎可以体知它成长的速度，每天清晨，我都发现它长大了，然后我便像每天面对一个谜题，猜想着那是什么花，猜想着父亲送我这些花是什么用意。我急于知道那个谜题，就更加体贴那些花。

慢慢的，花长大了，我才知道那是一些茼蒿菜，茼蒿菜是一种贱菜，在乡下，它最容易生长，价钱最便宜，而父亲竟把它像礼物一样送给我，那样的珍贵，也许父亲是要我不要忘记自己的土地吧！

我舍不得吃那一亩茼蒿，每天还是依时浇水看顾，茼蒿长大了，我从来没有看过那么好看的茼蒿，在市场上，茼蒿总是零乱的、萎缩的；在土地上茼蒿则是那么美丽而充满生机。

差不多一个月的时间，茼蒿就在严冷的冬天里开了花，那花，是鲜新的黄色，在绿色的枝梗上显得格外温暖，我想到，这么平凡的茼蒿花竟是从远地移种，几番波折，几番流转，但是它的生命深深地蕴藏着，一旦有了土地，它不但从瓶中醒转，还能在冷风中绽放美丽的花朵。

茼蒿花谢了，在花间又结出许多细小的黑色的花子，它看起来那么小，却又是那么坚韧。我把它收藏在父亲当年赠我花子的瓶中，并挖了一舀泥土——是家乡的泥土和客居的泥土混成的泥土。

或者有一天，我仍要带这花子和这泥土到别地去流浪，或者有一天，这带自故乡根种的花子，然后在异乡土地结成的花子，会长在另外的土地上。

人也是一个平凡茼蒿的花子，不管气候如何，不管哪里是落脚的地方，只要有生机沉埋心中，即使在陌生的土地上，它也会吐芽、开花，并且结出新的花子。

我仍然把花子放在鞋柜里，每日穿鞋时我就能看见它。

我就会想起我的父亲，和他耕作的故乡的土地。

娘子坑的午宴

亲戚的亲戚的亲戚请客，亲戚打电话来相约前往，我说人生地疏路遥，实在不好意思去，但也不免问起是何故请客，在哪里请客。

"他们在娘子坑请客，是在山上，种满了茶叶。"听到"娘子坑"这个地名，又有茶叶，我有几分动心了。亲戚又说："是老人家过八十岁生日，儿孙给他做寿。这位年已八十的老人，还腿健目明，爬起山来如履平地呢！"我的心又动了几分。

当亲戚说到娘子坑请客的菜式时，我已经铁定要去了。他说："他们请客的猪是自己养的，鸡鸭是自己宰的，蔬菜是自己种的，连烧菜的木柴都是山上砍来的。"加上他们今年的冬茶刚收，新焙完成，那一天又是冷锋逼人，想想到山上喝口新茶热酒也好，当下挂了话筒，驰车出门与亲戚会合，便往娘子坑荡荡而去。

"娘子坑"在生产豆干闻名的大溪镇郊外，从桃园往大溪过了大汉溪桥，往另一个岔路行去。我去过多次大溪，大溪给我的印象是相当繁华的，除了生产百吃不厌的豆干、豆腐乳、笋干等酱罐之外，还有非常高级的红木家具，街上的市容古意盎然，临着大汉溪的"大溪公园"花木扶疏，山水襟带，大概是全省最美的公园之一。总之，大溪是一个有密集格局的小镇。

但是，往娘子坑的路上就和大溪镇完全不同了。在娘子坑的路上，已经完全没有小市镇的影子，两侧都是农田了，屋子也不是两层的石灰洋房，而是坐落在田里的小砖屋了。路是新铺成的，听说这条娘子坑的路是近两年才辟成的，路上可没有一个行人。

为什么这样的地方偏取了一个"娘子坑"的名字呢？我问亲戚，他也说不出个所以然来。他说："有什么关系呢？只要风景好，叫什么名字都是一样的。"

不久，我们转入了一条尚未铺路的小径，车子颠簸前进，两旁都是果园，有橘树、柳丁，正值红熟挂在树上，有些木瓜园子木瓜落了一地，另外还有一片香蕉树，长得格外的瘦小。此外旁边一路的菜园，种植了各种青菜，在开垦的地当中有一两处特别曲折的石头特别多的地还荒废着，开着不知名的野花，与芦絮一起在冷风中摇摆。

路上全是石子，车子碾过，石子跳起打在车底，叮叮咚咚，是一种好听而让人心疼的交响乐。亲戚说："走入这段石头地，就是今天宴客主人的地盘了，他在这座山里开辟了六十年，凡我们所走的路，所看到的果园菜圃，都是他一锄头一锄头打出来的。"听说这座山从前是石头满铺的山，根本不能种农作物，现在除了走的路是石头外，已经大部分是良田了。这使我没有见到主人之前，就感到心向往之。

汽车到了山坳口再也不能前进，因为这条路到这里变成了阶梯。我们弃车步行登山，拾级而上一直到山顶，种的全是茶叶。这时山风迎袖，一阵清冷。亲戚说山上种的全是好的乌龙茶，我们俯身看着那矮小的茶树，发现有着新采过的痕迹，可以知道这二季的冬茶已经焙过。

转一个弯，红砖的小三合院在阳光下闪亮。主人看见我们，点燃一串长长的鞭炮，炮声在宁静的山谷回响，屋里屋外站满客人，原来，主人过八十大寿宴请八桌，特地从山下请来的厨师已经生火待发。八十岁的寿星从屋前迎来，声音清亮，望之如五十许人；为了宴客，特别穿了全新的蓝衫子，绷得紧紧的，几乎能看到他包在衣服里经过长年劳动的肌肉。

"原来是这么盛大的请客呀！"我说。

老寿星笑起来，说明为了这次请客，邀请来大溪、莺歌、三峡一带最好的厨师，因为材料都是山上的出产，厨师们已经在山上住了三天，研究着如何处理那些粗疏的菜色，使它可以上宴席。然后带我们在四周走了一圈，参观他们屋边的猪舍、鸡寮、狗屋，以及种满鸡冠花、圆仔花、金线菊的花园，就请我们在三合院的西厢入座。从西厢门望出去，正好是一片蓝色的天空和青色的山脉，主人养的鸽子早就在天空里飞翔了。几只小狗知道有请客，已在桌下就位，公鸡在院子里骄傲地踱步。

上菜了，第一道冷盘是海蜇皮凉拌青木瓜丝，爽脆无比，青木瓜的脆劲儿犹胜过海蜇，我惊叹地说："这才是真正的山珍海味，没想到青木瓜这么好吃。"主人听我赞赏，允我回去时在木瓜园子里摘些木瓜带回。他说："这木瓜要大到快熟的时候，凉拌才好吃。"

第二道是笋干封肉。听说笋干是去年山上的春笋，主人卖的时候留下那最嫩的一部分，早就预备好今年的寿诞请客的；肉也是上等好肉，是昨天才杀的，整整用笋干封炖了一天一夜；虽是寻常乡菜，由于火候够、材料好，在山风中吃起来，真让平地来的客人差一点儿吞了碗公。

接着是白切鸡，那鸡是刚生了蛋的小母鸡；随后是香菇猪肚，香菇是不远处人家烘焙的，朵小而味浓；然后是白菜卤，白菜是自家种，未洒过农药的；而后是乞丐鸡，鸡肚里塞满了香菇和萝卜；再后是清炒空心菜，空心菜是种在草房的，翠得像玉……主人最遗憾的是，明虾和鳕鱼不是自己生产，听从厨师的建议在山下采买的，怕不是真正山上的口味。

最后一道菜是一个巨大的盘子里摆着十个红龟，上面印了"寿"字，是给客人带回家的；与红龟一起上来的是一道猪脚卤蛋面线，为祝主人高寿不得不吃的，吃完卤蛋，我们几乎已经站不起来了。撤下碗盘，主人要他的曾孙备茶待客，然后带我们去看"茶房"，茶房里用竹篮一层层摆满茶叶，全是分级挑拣，准备送入大铁锅里烘焙。

主人说："烘茶其实和做菜一样，靠的是材料和火候，好的材料如果没有火候，也不会有好茶。"等我们转回厢房，茶已经泡好，我已经不能形容那茶叶的好了。因为那时不是茶不茶的问题，而是主人的好客和山上的清气，使我觉得世上再没有一种茶，能比茶农亲手泡的茶更能深深地浸入人的内心，何况那茶又真正是上好的!

喝茶的时候,主人说他有六个子女,孙子曾孙可以塞满一整个客厅,可是长大后,大部分离家星散,认为在山上种茶、种菜、种水果、养鸡、养猪没有前途,各自到山下找前途去了。有些发达起来,想接他们去同住,老人住不惯没有地的房子,吃不惯冰过的食物,还不如留在山上自在,因此如今偌大的庄园和一整个山头只有老夫妇和年过耳顺的大儿子在经营着,几个孙子每每抱怨光是走路去上学,就是一个多小时的路程,想必将来也要到山下去找前途的。这样,娘子坑八十岁老人的语气里不免透露出一种遗世的寂寞。

他感叹地说:"我年轻时也是从山下到山上找前途的,前途只是一种生活,生活得适意就是人的前途了。"他抬头望着门外青山,指着他的房子说:"你看,这屋子不算大,但也整整盖了六十年。这些地我种了六十年,你们进来的路也开了六十年。"六十年在他的口中只是一朵云飘过,即将飞过那渺不可知的山的另一边。

我们循原路回来的时候,我觉得这种自耕自食皇帝也不及的生活,已经在我们的四周逐渐退去消失,也许再过不久,世界再没有隐居的人,因此老人的音容笑貌竟盖满整个娘子坑——这时我才知道"娘子坑"名字的由来,它在从前,是偏陋荒凉到来此地垦荒的单身汉也讨不到娘子的地方。现在,却是别有天地非人间了。

回家以后,我把娘子坑带回来的青木瓜刨丝,凉拌海蜇皮,却如何也比不上在山上的味道。这使我迷惘起来,好像青木瓜一离开它娘子坑的土地，也失去了什么，而我如何能把青木瓜调出山上的滋味呢？这是不可能的，因为老人种了六十年才种出来的木瓜，而我只不过在午宴的时候顺手带回来罢了，并没有把整个娘子坑带回来。

戏

带孩子看京戏，才看了一个起头，孩子就以无限诧异的神情问我："爸爸，这些人为什么要化妆成为布袋戏的人，演布袋戏呢？"

我一时语塞，不知如何回答。

想了半天只好说："不是的，是布袋戏做成人的样子在演人的故事呢！"

孩子立即追问："人自己演自己的故事不是很好吗？为什么要用布袋戏演呢？"

我说："人演和布袋戏演的趣味不一样！"

孩子说："什么是趣味？"

我没有再回答，怕事情变得太复杂，影响别人看戏的兴致。

但是我后来想到，在孩子清纯直接的心灵里面，所有化了浓重油彩，穿了闪亮华服，讲话唱歌声调不似常人的都是戏，电视剧、京戏、歌仔戏、布袋戏之间并没有什么不同，连电影也是一样。有一次看电影，他就这样问："为什么十几个坏人拿机关枪打不中那个好人，而好人每次开枪都打死一个坏人呢？"

反正都是戏，其实也不必太计较。

但是有时我们看戏，特别能感受到："戏比人生更真实"，那是由于我们在真实的人生里面，遇到的常是虚假的对待。甚至，有时，我们也虚假地对待了自己。

我们哭着来到这个世界，扮演了种种不同的角色，演出种种虚假的剧本，最后又哭着离开这世界。

草堂和尚曾作诗曰："乐儿本是一形躯，乍作官人乍作奴。名相服装虽改变，始终奴主了无殊。"我们现在扮着将相王侯，并不能保证永远将相王侯，但不管扮什么，都不能失了我们原来的自性呀！

对于"人生如戏，戏如人生"的体会是很容易的，可是在戏与人生中找实际的出路却是困难的，明朝有一位罗殿，他写了一首简单明白的醒世诗：

> 急急忙忙苦苦求，寒寒暖暖度春秋；
> 朝朝暮暮营家计，昧昧昏昏白了头。
> 是是非非何日了，烦烦恼恼几时休；
> 明明白白一条路，万万千千不肯修。

这明白的一条道路，无非就是回到真实的自我，找到在整个戏台的幕后，自己是如何的一个人，唯有这种自我的觉悟，才是走向智慧的第一步。

水 牛 故 事

在乡下，陪母亲上菜场，发现竟有两个卖牛肉的摊子，心里一惊非同小可。

"这摊子已经有很多年了。"母亲说，虽然她这辈子没吃过一口牛肉，倒仿佛已经包容了这两个摊位。

从卖牛肉的摊子，几乎使我看见了牛的历史。

我幼年时代，居住的乡镇极少有人吃牛肉，偶有一两位吃牛肉的乡人，也被看成是残忍的异端。那是因为家家户户都养耕田的水牛，人和牛感情深厚，谁忍心吃牛肉呢？万一不得已卖牛给人宰杀，也要赶到外乡去卖，卖的时候水牛也有知，往往是主人陪着水牛流泪。

我上小学的时候，有外乡人来卖沙茶牛肉、牛肉火锅，有些人开始吃牛肉，这些人大多是田里率先用耕耘机，或在街市开店的人。

初中，有外省人来卖牛肉面、牛肉饼、牛肉饺子，还开了店面，这时田里的水牛逐渐被淘汰，人和牛的情感随着淡了，吃牛肉的人于心有愧，也无可如何。

现在，市场里有牛肉摊子，街上还开了几家牛排馆，乡人竟养成了吃牛肉的习惯，好像吃牛肉是天经地义的事，何况专家说牛肉比较营养卫生！现在，我童年住的乡下全镇只有一条水牛，有很多孩子没看过水牛了。

吃牛肉一定是吃黄牛肉、进口牛肉，水牛是没人吃的。最近又有专家提倡吃水牛肉，说水牛的肉质不比进口的差，老一辈人听了大骂："伊娘咧！"妇女听了大叫："俺娘喂！"

中国农民不吃牛肉是一种美德，那是感恩与同甘共苦之情，如今，感恩的心失去了，甘苦之情失去了，怪不得农田里年年有悲歌，因为对土地的爱也年年和水牛一样，在失去着。

家有香椿树

市场里看到有人卖香椿，一大把十元，简直有点儿欣喜若狂，立刻买了三把回家，当天晚上就做了香椿拌面、香椿炒蛋、炸香椿，吃的时候自己都觉得好笑，好像得了相思病，不，香椿病。

说起香椿，它的味道是很难以形容的，它的香气强烈而细致，与一般的香菜，像芫菜、芹菜、紫苏大为不同，食之风动，令人心醉。与一般香菜更不同的是，一般香菜多为草本，香椿树却是乔木，可以长到三四丈高，如果家里种有一棵香椿树，一年四季就永远有香椿可吃。

我对香椿的感情是从小就培养出来的，我们以前在山上的家，屋后就有几棵极高大的香椿树，树干笔直，羽状复叶，树形和树叶都非常优雅，是非常美的树木。

我的父亲独沽一味，非常喜欢香椿的气味，他白天出去耕作，黄昏回来的时候，就会随手摘一些香椿的嫩叶回家，但是偏偏母亲不喜欢香椿的味道，所以他时常要自己动手。他把香椿叶剁碎，拌面、拌饭，加一点儿油、一点儿酱油，就是人间至极的美味。

最简单的香椿做法，是剁碎了放在酱油里，不管蘸什么东西吃，那食物立刻布满了香椿的强烈气息。

次简单的是，用香椿叶来炒蛋，美味还远非菜脯蛋、洋葱蛋可比。或者是用蛋和面粉调糊，裹香椿叶下去油炸，炸得酥黄香脆，可以当饼干吃。或者，以香椿拌豆腐。

还有复杂一点儿的，就是以香椿叶子包饺子、包子、粽子，香气宜人。

我受了父亲的调教，自小就嗜食香椿，几乎有香椿叶子，什么东西都吃得下了。而香椿树那种独一无二的气味，也陪伴了我的童年，那高大的香椿树每到初夏，就会开出一簇簇的小白花，整个天空就会弥漫一种清香，然后，花结果了，果熟裂开了，香椿树带着小翅膀的种子就会随风飞到远方。

有时候在林间会发现新长出的香椿树，那时就知道有一棵香椿树的种子曾落在这里。香椿树的幼苗和嫩叶一样，刚生长的时候是红色的，慢慢转为橙色，最后变成翠绿色。爸爸常说："香椿如果变成绿色就不好吃了。"原因是绿色的香椿树纤维太粗，气味太烈了。

有时候，我路过山道，看到小香椿树，就会摘一片叶子来闻嗅，然后放在嘴里细细地咀嚼，特别感觉到香椿树的香甘清美，真不愧是香椿呀！

自从到台北以后，就难得品尝到香椿的滋味了，每次回乡下总会设法去找一些香椿来吃。有一年，住在木栅的兴隆山庄，特地向朋友要来两株香椿树的幼苗种在院子里，长得有一人高，我偶尔会依照父亲的食谱，摘来试做，滋味依然鲜美，就会唤起从前那遥远的记忆。

后来我搬家了，也不知道院子里那两株香椿树变成什么样子，会像故乡的香椿树长三四丈高吗？会开花吗？种子也会飞翔吗？

有一次读庄子的《逍遥游》，说道："古有大椿者，以八千岁为春，以八千岁为秋。"所以香椿树应该是很长寿的。由这个典故，以香椿有寿考之征，所以古人称父亲为"椿"，称母亲为"萱"，唐朝牟融有诗说："堂上椿萱雪满头"，是说高堂的父母已经白发苍苍了。

父亲过世之后，我也吃过几次香椿，但每次那强烈的气息，就会给我带来悲情，想起父亲，以及他手植的香椿树。他常说："香椿是很上等的木材，等长好了，我们自己砍下来做家具。"一直到他离开这个世间，他也没有砍过一棵香椿树，我以前一直以为是香椿树还没有长好，现在才知道那是感情的因素。八千年为春秋，那是永远也长不好了。但愿爸爸如果是在极乐世界，也会有香椿拌面可以吃。

端午节的时候，我路过松山的永春市场，看到有人在路边卖"香椿粽子"，买了几个来吃，真有一点儿爸爸的味道，唉唉！

吃香椿粽子的时候我决定了，将来如果有一个庄园，屋前屋后我都要种几棵香椿树，来纪念爸爸。

期待父亲的笑

父亲躺在医院的加护病房里，还殷殷地叮嘱母亲不要通知远地的我，因为他怕我在台北工作担心他的病情。还是母亲偷偷叫弟弟来通知我，我才知道父亲住院的消息。

这是典型的父亲的个性，他是不论什么事总是先为我们着想，至于他自己，倒是很少注意。我记得在很小的时候，有一次父亲到凤山去开会，开完会他到市场去吃了一碗肉羹，觉得是很少吃到的美味，他马上想到我们，现到市场去买了一个新锅，买了一大锅肉羹回家。当时的交通不发达，车子颠簸得厉害，回到家时肉羹已冷，且溢出了许多，我们吃的时候已经没有父亲形容的那种美味。可是我吃肉羹时心血沸腾，特别感到那肉羹是人生难得，因为那里面有父亲的爱。

在外人的眼中，我的父亲是粗犷豪放的汉子，只有我们做子女的知道他心里极为细腻的一面。提肉羹回家只是一件，他不管到什么地方，有好的东西一定带回给我们，所以我童年时代，父亲每次出差回来，总是我们最高兴的时候。

他对母亲也非常的体贴，在记忆里，父亲总是每天清早就到市场去买菜,在家用方面也从不让母亲操心。这三十年来我们家都是由父亲上菜场,一个受过日式教育的男人,能够这样内外兼顾是很少见的。

父亲的青壮年时代虽然受过不少打击和挫折,但我从来没有看过父亲忧愁的样子。他是一个永远向上的乐观主义者,再坏的环境也不皱一下儿眉头,这一点深深地影响了我,我的乐观与韧性大部分得自父亲的身教。父亲也是个理想主义者,这种理想主义表现在他对生活与生命的尽力,他常说:"事情总有成功和失败两面,但我们总是要往成功的那个方向走。"

由于他的乐观和理想主义,使他成为一个温暖如火的人,只要有他在就没有不能解决的事,就使我们对未来充满了希望。他也是个风趣的人,再坏的情况下,他也喜欢说笑,他从来不把痛苦给人,只为别人带来笑声。

小时候,父亲常带我和哥哥到田里工作,透过这些工作,启发了我们的智慧。例如我们家种竹笋,在我没有上学之前,父亲就曾仔细地教我怎么去挖竹笋,怎么看土地的裂痕,才能挖到没有出青的竹笋。二十年后,我到竹山去采访笋农,曾在竹笋田里表演了一手,使得笋农大为佩服。其实我已二十年没有挖过笋,却还记得父亲教给我的方法,可见父亲的教育对我影响多么大。

由于是农夫,父亲从小教我们农夫的本事,并且认为什么事都应从农夫的观点出发。像我后来从事写作,刚开始的时候,父亲就常说:"写作也像耕田一样,只要你天天下田,就没有不收成的。"他常教我多写些于人有益的文章,少批评骂人,他说:"对人有益的文章是灌溉施肥，批评的文章是放火烧山；灌溉施肥是人可以控制的，放火烧山则常常失去控制，伤害生灵而不自知。"他叫我做创作者，不要做理论家，他说："创作者是农夫，理论家是农会的人。农夫只管耕耘，农会的人则为了理论常会牺牲农夫的利益。"

父亲的话中含有至理，但他生平并没有写过一篇文章。他是用农夫的观点来看文章，每次都是一语中的，意味深长。

有一回我面临了创作上的瓶颈，回乡去休息，并且把我的苦恼说给父亲听。他笑着说："你的苦恼也是我的苦恼，今年香蕉收成很差，我正在想明年还要不要种香蕉，你看，我是种好呢？还是不种好？"我说："你种了四十多年的香蕉，当然还要继续种呀！"

他说："你写了这么多年，为什么不继续呢？年景不会永远坏的。""假如每个人写文章写不出来就不写了，那么，天下还有大作家吗？"

我自以为在写作上十分用功，主要是因为我生长在世代务农的家庭。我常想：世上没有不辛劳的农人，我是在农家长大的，为什么不能像农人那么辛劳？最好当然是像父亲一样，能终日辛劳，还能利他无我，这是我写了十几年文章时常反躬自省的。

母亲常说父亲是劳碌命，平日总闲不下来，一直到这几年身体差了还常往外跑，不肯待在家里好好地休息。父亲最热心于乡里的事，每回拜拜他总是拿头旗、做炉主，现在还是家乡清云寺的主任委员。他是那种有福不肯独享、有难愿意同当的人。

他年轻时身强体壮，力大无穷，每天挑两百斤的香蕉来回几十趟还轻松自如。我最记得他的脚大得像船一样，两手摊开时像两个扇面。一直到我上初中的时候，他一手把我提起还像提一只小鸡。可是也是这样棒的身体害了他，他饮酒总不知节制，每次喝酒一定把桌底都摆满酒瓶才肯下桌，喝一打啤酒对他来说是小事一桩，就这样把他的身体喝垮了。

　　在六十岁以前，父亲从未进过医院，这三年来却数度住院，虽然个性还是一样乐观，身体却不像从前硬朗了。这几年来如果说我有什么事放心不下，那就是操心父亲的健康，看到父亲一天天消瘦下去，真是令人心痛难言。

　　父亲有五个孩子，这里面我和父亲相处的时间最少，原因是我离家最早，工作最远。我十五岁就离开家乡到台南求学，后来到了台北，工作也在台北，每年回家的次数非常有限。近几年结婚生子，加上工作更加忙碌，一年更难得回家两趟，有时颇为自己不能孝养父亲感到无限愧疚。父亲很知道我的想法，有一次他说："你在外面只要向上，做个有益社会的人，就算是有孝了。"

　　母亲和父亲一样，从来不要求我们什么，她是典型的农村妇女，一切荣耀归丈夫，一切奉献都给子女，比起他们的伟大，我常觉得自己的渺小。

　　我后来从事报告文学的写作，在各地的乡下人物里，常找到父亲和母亲的影子，他们是那样平凡、那样坚强，又那样的伟大。我后来的写作里时常引用村野百姓的话，很少引用博士学者的宏论，因为他们是用生命和生活来体验智慧，从他们身上，我看到了最伟大的情操，以及文章里最动人的素质。

我常说我是最幸福的人，这种幸福是因为我童年时代有好的双亲和家庭，我青少年时代有感情很好的兄弟姊妹；进入中年，有了好的妻子和好的朋友。我对自己的成长总抱着感恩之心，当然这里面最重要的基础是来自于我的父亲和母亲，他们给了我一个乐观、关怀、良善、进取的人生观。

我能给他们的实在太少了，这也是我常深自忏悔的。有一次我读到《佛说父母恩重难报经》，佛陀这样说：

"假使有人，为了爹娘，手持利刀，割其眼睛，献于如来，经百千劫，犹不能报父母深恩。

"假使有人，以其利刀，割其心肝，血流遍地，不辞痛苦，经百千劫，犹不能报父母深恩。

"假使有人，为了爹娘，百千刀戟，一时刺身，于自身中，左右出入，经百千劫，犹不能报父母深恩……"

读到这里，不禁心如刀割，涕泣如雨。这一次回去看父亲的病，想到这本经书，在病床边强忍着要落下的泪，这些年来我是多么不孝，陪伴父亲的时间竟是这样的少。

母亲也是，有一位也在看护父亲的郑先生告诉我："要知道你父亲的病情，不必看你父亲就知道了，只要看你妈妈笑，就知道病情好转；看你妈妈流泪，就知道病情转坏。他们的感情真是好。"为了看顾父亲，母亲在医院的走廊打地铺，几天几夜都没能睡个好觉。父亲生病以后，她甚至还没有走出医院大门一步，人瘦了一圈，一看到她的样子，我就心疼不已。

我每天向菩萨祈求，保佑父亲的身体早日康健，母亲能恢复以往的笑颜。

这个世界如果真有什么罪业，如果我的父亲有什么罪业，如果我的母亲有什么罪业，十方诸佛、各大菩萨，请把他们的罪孽让我来承担吧，让我来背父母亲的业吧！

但愿，但愿，但愿父亲的病早日康复。以前我在田里工作的时候，看我不会农事，他会跑过来拍我的肩说："做农夫，要做第一流的农夫；想写文章，要写第一流的文章；要做人，要做第一等人。"然后觉得自己太严肃了，就说："如果要做流氓，也要做大尾的流氓呀！"然后父子两人相顾大笑，笑出了眼泪。

我多么怀念父亲那时的笑。

也期待再看父亲的笑。

在梦的远方

有时候回想起来，我母亲对我们的期待，并不像父亲那么明显而长远。小时候我的身体差、毛病多，母亲对我的期望大概只有一个，就是祈求我的健康，为了让我平安长大，母亲常背着我走很远的路去看医生，所以我童年时代对母亲留下的第一印象，就是趴在她的背上，去看医生。

我不只是身体差，还常常发生意外。三岁的时候，我偷喝汽水，没想到汽水瓶里装的是"番仔油"（夜里点灯用的臭油），喝了一口顿时两眼翻白，口吐白沫，昏死过去。母亲立即抱着我以跑一百公尺的速度到街上去找医生，那天是大年初二，医生全休假去了，母亲急得满眼泪，却毫无办法。

"好不容易在最后一家医馆找到医生，他打了两个生鸡蛋给你吞下去，又有了呼吸，眼睛也张开了，直到你张开眼睛，我也在医院昏过去了。"母亲一直到现在，每次提到我喝番仔油，还心有余悸，好像捡回一个儿子。听说那一天她为了抱我看医生，跑了将近十公里。

四岁那一年，我从桌子上跳下时跌倒，撞到母亲的缝纫机铁脚，后脑壳整个撞裂了，母亲正在厨房里煮饭。我自己挣扎站起来叫母亲，母亲从厨房跑出来。

"那时，你从头到脚，全身是血，我看到第一眼，浮起心头的一个念头是：这个囝仔无救了。幸好你爸爸在家，坐他的脚踏车去医院，我抱你坐在后座，一手捏住脖子上的血管，到医院时我也全身是血，立即推进手术房，推出来时你叫了一声妈妈，呀！呀！我的囝仔活了，我的囝仔回来了……我那时才感谢得流下泪来。"母亲说这段时，喜欢把我的头发撩起，看我的耳后，那里有一道二十厘米长的疤痕，像蜈蚣盘踞着，听说我摔了那一次，聪明了不少。

由于我体弱，母亲只要听到有什么补药或草药吃了可以使孩子的身体好，就会不远千里去求药方，抓药来给我补身体，可能补得太厉害，我六岁的时候竟得了疝气，时常痛得在地上打滚，哭得死去活来。

"那一阵子，只要听说哪里有先生、有好药，都要跑去看，足足看了两年，什么医生都看过，什么药都吃了，就是好不了。有一天有一个你爸爸的朋友来，说开刀可以治疝气，虽然我们对西医没信心，还是送去开刀了，开一刀，一个星期就好了。早知道这样，两年前送你去开刀，何必吃那么多苦。"母亲说吃那么多苦，当然是指我而言，因为她们那时代的妈妈，是从来不会想到自己的苦。

过了一年，我的大弟得小儿麻痹，一星期就过世了，这对母亲是个沉重的打击，由于我和大弟年龄最近，她差不多把所有的爱都转到我身上，对我的照顾可以说是无微不至，并且在那几年，对我特别溺爱。

例如，那时候家里穷，吃鸡蛋不像现在的小孩可以吃一个，而是一个鸡蛋要切成"四洲"（就是四片）。母亲切白煮鸡蛋有特别方法，她不用刀子，而是用缝衣服的白棉线，往往可以切到四片同样大，然后像宝贝一样分给我们，每次吃鸡蛋，她常背地里多给我一片。有时候很不容易吃到苹果，一个苹果切十二片，她也会给我两片。如果有斩鸡，她总会留一碗鸡汤给我。

可能是母亲的照顾周到，我的身体竟奇迹似的好起来，变得非常健康，常常两三年都不生病，功课也变得十分好，很少读到第二名。我母亲常说："你小时候读了第二名，自己就跑到香蕉园躲起来哭，要哭到天黑才回家。真是死脑筋，第二名不是很好了吗？"

但身体好、功课好，母亲并不是就没有烦恼，那时我个性古怪，很少和别的小朋友玩在一起，都是自己一个人玩，有时自己玩一整天，自言自语，即使是玩杀刀，也时常一人扮两角，一正一邪互相对打，而且常不小心让匪徒打败了警察，然后自己蹲在田埂上哭。幸好那时候心理医生没现在发达，否则我一定早被送去了。

"那时庄稼囝仔很少像你这样独来独往的，满脑子不知在想什么。有一次我看你坐在田埂上发呆，我就坐在后面看你，那样看了一下午，后来我忍不住流泪，心想：这个孤怪囝仔，长大以后不知要给我们变出什么出头，就是这个念头也让我伤心不已。后来天黑，你从外面回来，我问你：'你一个人坐在田埂上想什么？'你说：'我在等煮饭花开，等到花开我就回来了。'这真奇怪，我养一帮孩子，从来没有一个坐着等花开的。"母亲回忆着我童年的一个片段，煮饭花就是紫茉莉，总是在黄昏时盛开，我第一次听到它是黄昏开时不相信，就坐一下午等它开。

不过，母亲的担心没有太久，因为不久有一个江湖术士到我们镇上，母亲先拿大弟的八字给他排，他一排完就说："这个孩子已经不在世上了，可惜是个大富大贵的命，如果给一个有权势的人做儿子，就不会夭折了。"母亲听了大为佩服，就拿我的八字去算，算命的说："这孩子小时候有点儿怪，不过，长大会做官，至少做到省议员。"母亲听了大为安心，当时在乡下做个省议员是很了不起的事。从此她对我的古怪不再介意，遇到有人对她说我个性怪异，她总是说："小时候怪一点儿没什么要紧。"

偏偏在这个时候，我恢复正常。小学五六年级我交了好多好多朋友，每天和朋友混在一起，玩一般孩子的游戏，母亲反而担心："哎呀！这个孩子做官无望了。"

我十五岁就离家到外地读书了，母亲因为会晕车，很少到我住的学校看我，我们见面的机会就少了。她常说："出去好像丢掉，回来像是捡到。"但每次我回家，她总是唯恐我在外地受苦，拼命给我吃，然后往我的背包塞满东西。我有一次回到学校，打开背包，发现里面有我们家种的香蕉、枣子；一罐奶粉、一包人参、一袋肉松；一包她炒的面茶、一串她绑的粽子，以及一罐她亲手腌渍的凤梨竹笋豆瓣酱……还有一些什么东西已经忘了。那时觉得东西多到可以开杂货店。

那时我住在学校，每次回家返回宿舍，和我住一起的同学都说是小过年，因为母亲给我准备的东西，我一个人根本吃不完。一直到现在，我母亲还是这样，我一回家，她就把什么东西都塞进我的包包，就好像台北闹饥荒，什么都买不到一样。有一次我回到台北，发现包包特别重，打开一看，原来母亲在里面放了八罐汽水。我打电话给她，问她放那么多汽水做什么，她说："我要给你们在飞机上喝呀！"

高中毕业后，我离家愈来愈远，每次回家要出来搭车，母亲一定放下手边的工作，陪我去搭车，抢着帮我付车钱，仿佛我还是个三岁的孩子。车子要开的时候，母亲都会倚在车站的栏杆向我挥手，那时我总会看见她眼中有泪光，看了令人心碎。

要写我的母亲是写不完的，我们家五个兄弟姊妹，只有大哥侍奉母亲，其他的都高飞远走了，但一想到母亲，好像她就站在我们身边。

这一世我觉得没有白来，因为会见到母亲，我如今想起母亲的种种因缘，也想到小时候她说的一个故事：

有两个朋友，一个叫阿呆，一个叫阿土，他们一起去旅行。

有一天来到海边，看到海中有一个岛，他们一起看着那座岛，因疲累而睡着了。夜里阿土做了一个梦，梦见对岸的岛上住了一位大富翁，在富翁的院子里有一株白茶花，白茶花树根下有一坛黄金，然后阿土的梦就醒了。

第二天，阿土把梦告诉阿呆，说完后叹了一口气，说："可惜只是个梦！"

阿呆听了信以为真，说："可不可以把你的梦卖给我？"阿土高兴极了，就把梦的权利卖给阿呆。

阿呆买到梦以后，就往那个岛出发，阿土卖了梦就回家了。

到了岛上，阿呆发现果然住了一个大富翁，富翁的院子里果然种了许多茶树。他高兴极了，就留下做富翁的佣人，做了一年，只为了等待院子的茶花开。

第二年春天，茶花开了，可惜，所有的茶花都是红色，没有一株是白茶花。阿呆就在富翁家住了下来，等待一年又一年，许多年过去了。有一年春天，院子终于开出一棵白茶花。阿呆在白茶花树根掘下去，果然掘出一坛黄金，第二天他辞工回到故乡，成为故乡最富有的人。

卖了梦的阿土还是个穷光蛋。

这是一个日本童话，母亲常说："有很多梦是遥不可及的，但只要坚持，就可能实现。"她自己是个保守传统的乡村妇女，和一般乡村妇女没有两样，不过她鼓励我们要有梦想，并且懂得坚持，光是这一点，使我后来成为作家。

作家可能没有做官好，但对母亲是个全新的体验，成为作家的母亲，她在对乡人谈起我时，为我小时候的多灾多难、古灵精怪全找到了答案。

太 阳 雨

对太阳雨的第一印象是这样子的。

幼年随母亲到芋里采芋梗，要回家做晚餐，母亲用半月形的小刀把芋梗采下，我蹲在一旁看着，想起芋梗油焖豆瓣酱的美味。

突然，被一阵巨大震耳的雷声所惊动，那雷声来自远方的山上。

我站起来，望向雷声的来处，发现天空那头的乌云好似听到了召集令，同时向山头的顶端飞驰奔跑去集合，密密层层的叠成一堆。雷声继续响着，仿佛战鼓频催，一阵急过一阵，忽然，将军喊了一声："冲呀！"

乌云里哗哗洒下一阵大雨，雨势极大，大到数公里之外就听见噼啪之声，撒豆成兵一样。我站在田里被这阵雨的气势慑住了，看着远处的雨幕发呆，因为如此巨大的雷声、如此迅速集结的乌云、如此不可思议的澎湃之雨，是我第一次看见。

说是"雨幕"一点儿也不错，那阵雨就像电影散场时拉起来的厚重黑幕，整齐地拉成一列，雨水则踏着军人的正步，齐声跺过田原，还呼喊着雄壮威武的口令。

平常我听到大雷声都要哭的,那一天却没有哭,就像第一次被鹅咬到屁股,意外多过惊慌。最奇异的是,雨虽是那样大,离我和母亲的位置不远,而我们站的地方阳光依然普照,母亲也没有要跑的意思。

"妈妈,雨快到了,下很大呢!"

"是西北雨,没要紧,不一定会下到这里。"

母亲的话说完才一瞬间,西北雨就到了,有如机枪掠空,哗啦一声从我们头顶掠过。就在扫过的那一刹那,我的全身已经湿透,那雨滴的巨大也超乎我的想象,炸开来几乎有一个手掌,打在身上,微微发疼。

西北雨淹住我们,继续向前冲去。奇异的是,我们站的地方仍然阳光普照,使落下的雨丝恍如金线,一条一条编织成金黄色的大地,溅起来的水滴像是碎金层,真是美极了。

母亲还是没有要躲雨的意思,事实上空旷的田野也无处可躲,她继续把未采收过的芋梗采收完毕。记得她曾告诉我,如果不把粗的芋梗割下,包覆其中的嫩叶就会壮大得慢,在地里的芋头也长不坚实。

把芋梗用草捆扎起来的时候,母亲对我说:"这是西北雨,如果边出太阳边下雨,叫作日头雨,也叫作三八雨。"接着,她解释说:"我刚刚以为这阵雨不会下到芋田,没想到看错了,因为日头雨虽然大,却下不广,也下不久。"

我们在田里对话就像家中一般平常,几乎忘记是站在庞大的雨阵中。母亲大概是看到我愣头愣脑的样子,笑了,说:"打在头上会痛吧！"然后顺手割下一片最大的芋叶，让我撑着，芋叶遮不住西北雨，却可以暂时挡住雨打的疼痛。

我们工作快完的时候，西北雨就停了，我随着母亲沿田埂走回家，看到充沛的水在圳沟里奔流，整个旗尾溪都快涨满了，可见这雨虽短暂，却多么巨大。

太阳依然照着，好像无视于刚刚的一场雨，我感觉自己身上的雨水向上快速地蒸发，田地上也像冒着腾腾的白气。觉得空气里有一股甜甜的热，土地上则充满着生机。

"这西北雨是很肥的，对我们的土地是最好的东西，我们做田人，偶尔淋几次西北雨，以后风呀雨呀，就不会轻易让我们感冒。"田埂只容一人通过，母亲回头对我说。

这时，我们走到蕉园附近，高大的父亲从蕉园穿出来，全身也湿透了，"咻！这阵雨够大！"然后他把我抱起来，摸摸我的光头，说："有给雷公惊到否？"我摇摇头，父亲高兴地笑了："哈……金刚头，不惊风、不惊雨、不惊日头。"

接着，他把斗笠戴在我头上，我们慢慢地走回家去。

回到家，我身上的衣服都干了，在家院前我仰头看着刚刚下过太阳雨的田野远处，看到一条圆弧形的彩虹，晶亮地横过天际，天空中干净清朗，没有一丝杂质。

每年到了夏天，在台湾南部都有西北雨，午后刚睡好午觉，雷声就会准时响起，有时下在东边，有时下在西边，像是雨和土地的约会。在台北，夏天的时候如果空气污浊，我就会想："如果来一场西北雨就好了！"

西北雨虽然狂烈,却是土地生机的来源,也让我们在雄浑的雨景中,感到人是多么渺小。

我觉得这世界之所以会人欲横流、贪婪无尽,是由于人不能自见渺小,因此对天地与自然的律则缺少敬畏的缘故。大风大雨在某些时刻给我们一种无尽的启发,记得我小时候遇过几次大台风,从家里的木格窗,看见父亲种的香蕉,成排成排地倒下去,心里忧伤,却也同时感受到无比的大力,对自然有一种敬畏之情。

台风过后,我们小孩子会相约到旗尾溪"看大水",看大水淹没了溪洲,淹到堤防的腰际,上游的牛羊猪鸡,甚至农舍的屋顶,都在溪中浮沉漂流而去。有时还会看见两人合围的大树,整棵连根流向大海,我们就会默然肃立,不能言语。呀!从山水与生命的远景看来,人是渺小一如蝼蚁的。

我时常忆起那骤下骤停、又瞬间阳光普照,或一边下大雨、一边出太阳的"太阳雨"。所谓的"三八雨"就是一块田里,一边下着雨,另外一边却不下雨,我有几次站在那雨线中间,让身体的右边接受雨的打击、左边接受阳光的照耀。

三八雨是人生的一个谜题,使我难以明白,问了母亲,她三言两语就解开这个谜题,她说:

"任何事物都有界限,山再高,总有一个顶点;河流再长,总能找到它的起源;人再长寿,也不可能永远活着;雨也是这样,不可能遍天下都下着雨,也不可能永远下着……"

在过程里固然变化万千,结局也总是不可预测的,我们可能同时接受着雨的打击和阳光的温暖,我们也可能同时接受阳光无情的曝晒与雨水有情的润泽，山水介于有情与无情之间，能适性地、勇敢地举起脚步，我们就不会因自然的风雨而轻易得感冒。

在苏东坡的词里有一首《水调歌头》，我很喜欢，他说：

落日绣帘卷，亭下水连空。
知君为我新作，窗户湿青红。
长记平山堂上，欹枕江南烟雨，杳杳没孤鸿。
认得醉翁语：山色有无中。
一千顷，都镜净，倒碧峰。
忽然浪起掀舞，一叶白头翁。
堪笑兰台公子，未解庄生天籁，刚道有雌雄。
一点浩然气，千里快哉风！

在人生广大的倒影里，原没有雌雄之别，千顷山河如镜，山色在有无之间，使我想起南方故乡的太阳雨，最爱的是末后两句："一点浩然气，千里快哉风！"心里存有浩然之气的人，千里的风都不亦快哉，为他飞舞、为他鼓掌！

这样想来，生命的大风大雨，不都是我们的掌声吗？

刺　　花

我是那样的崇拜爸爸，他仿如一座伟岸而不可即的高山，虽然他也和常年狩猎的汉子一样有着火爆的脾气，有时一言不合，会和别人干上一架，并且在我们不听话的时候，总是一阵好打，可是我崇拜他，当黄昏他背着猎物回家的时候。

十几年的山林生活，爸爸已经成为我们山村里最出色的猎人。

爸爸狩猎的才能表现在各方面，他夕阳西下提着手电筒出去，深夜回家就带回一麻袋的兔子，他用强光照射兔子的眼睛，把那些暂时眩晕的兔子轻松地提着长耳回家。

冬天，他在深山里盖了一间茅屋，屋里堆积了废弃的破棉被，在寒冷的冬日清晨，我常随爸爸去收拾那些窝在棉被中冬眠的一卷卷毒蛇，有时一天可以捕到几十斤毒蛇，使我们能过着比一般山中专门捉毒蛇的人更好的生活。

爸爸打山羌、野猪、黑熊、山猫、梅花鹿也都自有他的一套方法，他还会追踪果子狸和穿山甲的踪迹而万无一失。

爸爸有一个打猎的好伙伴，我们称他太郎叔，是泰雅人的山胞，脸上自左至右横过鼻梁一条青蓝蓝的刺花，他世居深山的狩猎经验和勇力配合爸爸的灵思，常能打到最多的猎物。太郎叔是个孤独的山地人，他太太在生儿子的时候死去，他唯一的儿子在打猎时因不忍杀死一窝小山猪，被他赶出了家门，因为在泰雅人的传统里，饶恕了猎物不是勇士的行为。太郎叔为此曾后悔，他从来不提，只是偶尔在猎山猪时常不知不觉地失神。

小学一年级我生日的时候，爸爸送我一枝四点五的空气枪，并答应带我去做一次打山猪的惊险的狩猎。

那是夏季刚来，草莓刚刚收成的时候，空气中飘满了野草和泥土在阳光下蒸腾的香气，繁茂的野草在风里像波浪一样起伏，草的绿和山的苍郁交织成一个充满生命的世界。在草与山与天空间，孤鹰衬着蓝天缓缓地盘旋，松鼠在林间快乐地跳跃，远远近近都是绕来绕去的鸟声，无意间走过溪谷，满坑的蝴蝶会被步声惊飞，人便跌进彩色的飞腾的童话世界。

那是走在山路上，忍不住要哼歌跳舞的季节。

清晨，爸爸擦拭好他的猎枪，一巴掌把我从床上打醒，他的左肩和腰带上早已挂满了晶亮的子弹，他的德国制双管猎枪背在右肩上，露出擦过油的枪管。我在屋后水池漱洗时，爸爸仰天吹了一声尖长的口哨，召唤我们养的七只猎狗，它们一听到爸爸的召唤，便从屋里屋外各个角落飞蹿出来，轻轻地讨好地吟吠着。爸爸一一拍打它们的额头，并爱抚地摸抓它们的颈部，然后我们便大跨步走出门口，往种满了刺竹的林中走去。

在晨风中，刺竹林发出窸窸窣窣的摩擦声，我背着水壶和我的小猎枪，踩在露气未退的泥路上，太阳还没有露脸，天却蒙蒙地亮起来了，这时，多叶的刺竹林中部是白茫茫的雾气在轻轻地流荡着，雾扑在人脸上，带着一种沁凉的甜味。

我们走过刺竹林，爸爸又吹起一声尖长的口哨，太郎叔养的两只土黄色猎狗从竹林那头奔跳过来，和我们的狗亲昵地招呼着，它们互相嗅着、舔着身体，一时，林间全是狗们兴奋的喘息声，有的在林里奔跑，有的互相扑咬着，爸爸用低沉的声音呵斥着它们。

才一忽儿的时间，太郎叔健壮的多毛的双腿迈到我们面前，他穿着一条卡其短裤，上身是一件麻线织成的山地服向两边敞开，袒露出他黑黝黝的仿佛金刚打造的结实胸膛，他手里提着一管土制猎枪，腰上悬着一个弹袋，他含蓄地微笑着对我们招呼，脸上的青蓝色刺花全快乐地跳跃着。

然后我们一行三人，九只猎狗，开始沿着黑肚大溪的溪床浩浩荡荡地出发，那条溪床因长年的冲积，大约已有三十公尺宽，全布满了从山上冲下来的卵石，中间只有细细弱弱的一带水，好似期待着夏日暴雨来时再把溪床淹没，我们走下去，朝阳就从山坳口冒了出来，原来被山挡住的光，倾盆似的扑到我们身上。

"我们大约中午以前可以抵达大毛山，如果你走快一点儿的话。"爸爸对我说。

"爸爸怎么知道大毛山上有山猪？"

"前几日，我和你太郎叔到大毛山打鸟，看过山猪出来讨食的痕迹，我们找到一窝山猪窟。"

"你们怎么不把它打下来？"

"就是要留给你来打呀！"爸爸说完就纵声长笑了。

"猴仔子，打山猪又不是射兔子，一枪就翻天的。"太郎叔微笑着说。

平常我看黑肚大溪时，一直以为它是平直地延伸出去，现在我发现它不是平直的，而是顺着左右的山势曲折辗转，我们走到一个坳口以为它便是溪的源头，而一转身，它又往远方的山上盘旋上去。跑到溪岸上晒太阳的小毛蟹，一闻到我们的步声，便翻身落水，咚咚声响。

我们的猎狗则顽皮地赛跑，呼啸一阵儿，九只狗全飞也似的奔射出去，一直跑到剩下几个黑点在远方游动，再转眼的时间，它们又从远方驰回来磨蹭，伸长舌头，咧开大嘴，站在那里傻笑。

"这些狗仔冲来撞去，等一下儿遇到山猪要跑不动了。"我们最大的一只猎犬库路听到爸爸的声音，亲昵地蹭过来嗅爸爸的腿脚，"去！去！"爸爸咒着。我很能了解爸爸的咒骂，他背着沉重的东西，我们的汗都落在溪边的石上，看到这一群猛龙活虎般的犬仔，不免有些又爱又气。

号喝一声，狗又全往前跑去。

"喏，你看，右边那座没有开垦过的山就是大毛山，我们要猎的山猪就在那山的腰边。"太郎叔指着前边告诉我，我抬头望去，大毛山高高矗立着，杂树与草把山染泼成浓密的绿色，大毛山的形状像我们课本上的剪纸，棱角分明。顺着黑肚大溪，我们竟一步一步地爬上了大毛山。

二毛山和小毛山被开垦出来以后，大毛山就成为我们这些山地人主要的猎场，长年的踩踏，竟使溪沿着山的地方被踩出了一条小路。我们到了山腰际的时候，狗儿们已经在山里面到处吠叫着，显出紧张与不安，爸爸低声呵斥着，狗儿们安静下来，伸长舌头在山腰上喘着长气。

太郎叔指着野相思树下零乱的草堆对我说："这些草都被山猪踩滚过，顺着草迹往前就是山猪窟，我们可以爬到前面的相思树上，用枪射杀山猪，比较安全。"我看着太郎叔指的地方，果然隐约有一个阴黑的山洞，洞前是繁密得几乎没有空隙的银合欢树交错着，银合欢树上则开着一球球的圆形小黄花，有几只黑色的凤蝶在那里翩翩飞动。

狗儿们在这里特别的安静。

我们蹑着足，挨到山猪窟大约二十公尺的地方，那里果然有几棵野生的高大相思树，太郎叔伶俐地攀上右边的相思树，爸爸抱着我爬上左边的相思树，两棵树相距十五公尺，正巧与山猪窟成为等边三角形。爸爸用手指示意我不要出声，轻声地说："等一下儿山猪出来，你就紧紧抱着这根树枝，不管怎么样，不要放手。"然后他大声地吹了口哨，叫道："库路，去！"

聪明的狗儿们一纵而上，就围在山猪窟前，大声而疯狂地吠叫起来，狗的叫声霎时间震响了整个山野，远远的山上还传过来凶猛的回声。我听见爸爸和太郎叔子弹上膛的声音，也把我的小猎枪举起来正对着山猪洞口。

狗叫了很长的一阵子，忽然一只黑乌乌的山猪像箭一般从洞中飞射出来，朝狗群奔去，猎狗们呼啸一声，全向四边逃去，山猪愤怒地奔驰了一阵儿，因不知要追哪一只狗而在野地里转了半天，颓然地回到洞里。

爸爸冷静地看山猪走回去，对我说："现在还不能打，要等着山猪跑得没有力气了再打，才不会让它逃回洞去。"

"狗为什么不咬它呢？"

"狗咬不过山猪的。"

正在我们交谈的时候，狗群又飞也似的从四面八方跑回来，在洞口高声叫嚣，叫得山猪忍无可忍再一度跑出来，一阵狂奔乱转，还发出喔喔的叫声，狗一眨眼间就跑得看不见影子，山猪这一回追得很远，依然愤怒地走回来，它发现我们坐在树上，便疯狂地往我坐的相思树一头撞来，树枝整个摇晃着，我"哇"一声尖叫起来。爸爸一边揽着我一边说："不要怕，抱紧树枝，它撞不倒的。"我死命地抱着树，山猪一再地撞着树干，愈撞气力愈小，一直到气力用尽，才走回洞里。山猪的力道真大，它把对狗的愤怒都发泄在相思树上。

狗马上又回来了，胜利地叫着，它们的迅捷和合作就像一支训练有素的军队一样。

这一次山猪走出洞口，定定地看着狗群，发出喔喔的吼声，狗儿们稍稍后退，与它保持着距离，也不甘示弱地吠着，忍无可忍的山猪终于又向狗群冲了过去。

爸爸和太郎叔打了手势，说："可以了。"

山猪这一次追得很远，本来在洞口的银合欢树被它冲撞得东倒西歪，爸爸和太郎叔把枪口对着山猪远去的方向，我也举枪瞄准，约一盏茶的时间，无力的山猪从山下走上来，走到快到我们蹲伏的树时，爸爸低沉地说："射！"

砰！砰！两声，山猪便摇摇晃晃地走了几步倒在地上，我清楚地看见它的额头和肩胛涌出大量的鲜血，它倒在地上还抽动着，太郎叔又补了一枪，它很快停止挣扎。

"死了，"爸爸说："我们吃午饭吧。"

"爸，为什么不下去捉它呢？"

"山猪都是一公一母住在洞里，我们只打死母的，公的出去讨食了，它回来看到母的被打死会凶性大发，会伤人的。所以我们要等那只公的回来，一起打了。"

我想起爸爸很久以前对我说过的故事，有一次平地人到山里打猎，打了母的山猪就回去了，公的山猪发狂地把山里的一间茅屋撞平，杀了里面的一家四口，肚子上有两个透明的窟窿，肠子流了一地，不觉吓了一身冷汗。爸爸说："山猪是有情的动物，愈是有情的动物，凶性愈大。"

我们开始坐在树上吃午饭，狗们跑回来在山猪身边高兴地蹭着嗅着，还抢着舔着山猪流出来的血，爸爸把准备的狗食丢下去，它们便围过来抢食。

"爸，公的山猪什么时候会回来？"

"快了，如果窟里有小山猪的话，马上就会回来；如果没有，太阳下山以前也会回来。"

"你看，里面是不是有小山猪？"

"应该有，不然母山猪不会在洞里。"

我们很快就把饭团吃完了，吃饱的狗儿们在地上玩耍，有几只伏在地上伸长舌头喘气，并竖起耳朵来倾听着。爸爸看着它们，怜爱地说："这些狗仔真是好。"

还不到一炷香的时间，原来坐在地上的狗警觉地站了起来，向我们前面的方向望去，爸爸说："公山猪回来了。"

话音未落，狗儿们已经围了上去，叫起来，远远地一只比母山猪大一号的山猪低着头，悠闲地踱步过来。这只公山猪是深棕色的，头大身壮，嘴很长，嘴边还露出两根白得耀眼的獠牙，它很威武地走近洞口，仿佛无视身边叫着的狗。"自大的山猪呀，今天是你葬身之日，你还在那里威风。"我突然想起布袋戏的一句口白。狗儿们保持距离地在山猪旁乱叫乱跳，公山猪走到洞口，掀动鼻子，眼睛一斜，就看见血迹流满一地的母山猪，它突然"呜喔——"一声长叫，向狗群猛扑过去，机灵的狗儿早在它动身之即，就伸开长腿往四下散去。公山猪边追边呜叫着，在母山猪四周绕着圈子，终于无望地回到母山猪的身旁，用粗大的头颅挨着母山猪的身体摩擦，呜呜哀叫，叫声凄厉，听得我整个胸腔都浮动起来。

哭叫一阵儿，它抬头看见太郎叔藏身的地方，用它又长又尖的利牙向相思树没命地撞去，太郎叔紧紧抱着那棵树，树在强大的撞击下，像台风天一样地摇动着，树叶像雨一样落了满地，它每撞一回，相思树干上就露出两个明显的伤口。"这公山猪死了老婆，疯了。"爸爸说着，举枪对准那头山猪。

狗儿们又跑来挑逗它了，胆大的库路甚至还咬了它一口，山猪又开始追逐那一群它明知追不上的猎狗，转了很大的一圈，它又折回来在母山猪的身侧哀鸣，它无助地把头埋在母山猪的胸前，爸爸叫："射！"

又是砰！砰！两声，这一次两枪都打中头部，鲜血翻涌，它抽搐两下就倒在血泊里，再也不动。它的身体正好压在母山猪的身上，一地都是鲜血。

我们从树上下来，才发现太郎叔的那棵树下落了一地的树皮，太郎叔说："没看过这么猛的山猪，大概有一百多斤。"我们走过去检视那两只山猪，山猪的细长眼珠都翻了白眼，不肯瞑目。"果然有两只小山猪。"我们走到洞口，两只小狗一样大的山猪正在洞里的一角蠕动着、哀叫着。太郎叔把枪举起来对准那两只小山猪，意外的是他并没有开枪，颓然地放下双手说："捉回去养吧！"爸爸和我默默对视，我们心里知道，他又想起了他离家的儿子。

太郎叔砍来一枝粗大的相思树丫，把四头山猪的脚部绑在树枝上，两个大人就抬着山猪回家，我背着小空气枪，才想起今天一枪都没有打。

我们便在小山猪的哀鸣声和狗的戏耍里，一路无言地在斜阳的光辉里走回家。

在山上，打到一窝山猪是一件了不得的大事，我们雇的几个伐木工人和帮我们看山的阿火叔一家四口都来庆祝。我们就在家屋的庭院里生起火堆，把那只母山猪烤来吃，公山猪则腌制起来，准备过冬。

山上的夏夜是迷人的，山里一片静寂，只有四周伴随的虫鸣声，大家吃着、笑着，互相谈论自己打猎的英勇事迹。正当大人们喝酒喝得有几分醉意的时候，我看见屋后有个人影闪动了一下儿。

"爸，有人。"

"哪来的人？"

"我好像看到屋后有一个人。"

爸爸警觉地拾起一根竹棒站起来，嘀咕着："会不会是盗林的山贼？"我随着爸爸走到屋后，果然有一个人躲在那里，爸爸大声吆喝："谁？"声音刚喊出来，他就认出那是太郎叔的儿子："阿雄仔，你回来，怎么躲在屋后，不到前面来？"

"阿伯，我阿爹……"

"你阿爹，早就原谅你了。"

爸爸便拉着阿雄哥走到屋前，边走边叫："太郎，你看谁回来了？"

太郎叔走过来抱住阿雄哥，父子俩对看了一番，他说："我今天才捉了两只小山猪要给你养哩！"然后便纵声大笑，声音响遍了空山。

那是一个难忘的晚上，狂欢的气氛弥漫了整个山区，太郎叔脸上青蓝蓝的刺花映着火光跳动的影像，经过几十年了，还刻写在我童年的一页日记里。

过　火

　　是冬天刚刚走过，春风蹑足敲门的时节，天气像是晨荷巨大叶片上浑圆的露珠，晶莹而明亮，台风草和野姜花一路上微笑着向我们招呼。

　　妈妈一早就把我唤醒了，我们要去赶一场盛会，在这次妈祖生日盛会里有一场过火的盛典，早在几天前我们就开始斋戒沐浴，妈妈常两手抚着我瘦弱的肩膀，幽幽地对爸爸说："妈祖生时要带他去过火。"

　　"火是一定要过的。"爸爸坚决地说，他把锄头靠在门侧，挂起了斗笠，长长叹一口气，然后我们没有再说什么话，就围聚起来吃着简单的晚餐。

　　从小，我就是个瘦小而忧郁的孩子，每天跋山涉水并没有使我的身体勇健，父母亲长期垦荒拓土的恒毅忍艰也丝毫没有遗传给我。

　　爸爸曾经为我做过种种努力，他一度希望我成为好猎人，每天叫我背着水壶跟他去打猎，我却常在见到山猪和野猴时吓得大哭失声，使得爸爸几度失去他的猎物，然后就撑着双管猎枪紧紧搂抱着我,他的泪水濡湿我的肩胛,喃喃地说:"怎么会这样,怎么会生出这样的孩子……"

他又寄望我成为一个农夫,常携我到山里工作,我总是在烈日烧烤下昏倒在正需要开垦的田地里,也时常被草丛中窜出的毒蛇吓得屁滚尿流,爸爸不得不放下锄头跑过来照顾我。醒来的那一刻我总是听到爸爸长长而悲伤的叹息。

我也天天暗下决心要做一个男子汉,慢慢的,我变得硬朗了,爸妈也露出欣慰的笑容,可是他们的努力和我的努力一起崩溃了,那是在我孪生的弟弟七岁那年死的时候。

眼见到和自己一模一样的弟弟死去,我竟也像死去一半了,失去了生存的勇气,我变成一个失魄的孩子,每天眉头深结,形销骨立,所有的医生都看尽了,所有的补药都吃尽了,换来的仍是叹息和眼泪。

然后爸爸妈妈想到神明,想到神明好像一切希望都来了。

神明也没有医好我,他们又祈求十年一次的大过火仪式,可以让他们命在旦夕的儿子找到一闪生命的火光。

我强烈地惦怀弟弟,他清俊的脸容常在暗夜的油灯中清晰出现,他的脸是刀凿般深刻,连唇都有血一样的色泽。我们曾脐带相连地度过许多快乐和凄苦的岁月,我念着他,不仅因为他是我的兄弟,而是我们生命血肉的最根源处紧紧纠结。

弟弟的样貌和我一模一样,个性却不同,弟弟强韧、坚毅而果决,我是忧郁、畏缩而软弱,如果说爸爸妈妈是一间使我们温暖的屋宇,弟弟和我便是攀爬而上的两种植物,弟弟是充满霸气的万年青，我则是脆弱易折的牵牛，两者虽然交缠分不出面目，却是截然不同，万年青永远盎然充满炽盛的绿意，牵牛则常开满忧郁的小花。

刚上一年级，弟弟在上学的长途中常常负我涉水过河，当他在急湍的河水中苦涉时，我只能仰头看白云缓缓掠过。放学回家，我们要养鸡鸭，还要去割牧草，弟弟总是抢着做工，把割来的牧草与我对分，免得回家受到爸妈责备的目光。

弟弟也常为我的懦弱吃惊，每次他在学校里打架输了，总要咬牙恨恨地望着我。有一回，他和班上的同学打架，我只能缩在墙角怔怔地看着，最后弟弟打输了，跌坐在地上，嘴角淌着细细的血丝，无限哀怨地凝睇着他无用的哥哥。

我撑着去扶他，弟弟一把推开我，狂奔出教室。

那时已是秋深了，相思树的叶子黄了，灰白的野芒草在秋风中杂乱地飞舞，弟弟拼命奔跑，像一只中枪惊惶而狂怒的白鼻心[①]，要借着狂跑吐尽心中的最后一口气。

"宏弟，宏弟。"

我嘶开喉咙叫喊。弟弟一口气奔到黑肚大溪，终于力尽了颓坐下来，缓缓地躺卧在溪旁，我的心凹凸如溪畔团团围住弟弟的乱石。

风，吹得很急。

等我气喘吁吁赶到，看见弟弟脸上已爬满了泪水，一张脸湿

[①] 灵猫科哺乳动物，俗称果子狸。——编者注

乎乎的，嘴边还凝结着褐暗色的血丝，脸上的肌肉紧紧地抽着，像是我们农田里用久了的帮浦①。

我坐着，弟弟躺卧着，夕阳斜着，把我们的影子投照在急速流去的溪中。

弟弟轻轻抽泣很久，抬头望着天云万叠的天空，低哑着声音问：

"哥，如果我快被打死了，你会不会帮我？"

之后，我们便紧紧相拥放声痛哭，哭得天都黄昏了，听见溪水潺潺，才一言不发地走回家。

那是我和弟弟最后的一个秋天，第二年他便走了。

爸爸牵我左手，妈妈执我右手，在金光万道的晨曦中，我们终于出发了。一路上远山巅顶的云彩千变万化，我们对着阳光的方向走去，爸爸伟岸的躯体和妈妈细碎的步子伴随着我。

从山上到市镇要走两小时的山路，要翻过一座山涉过几条溪水，因为天尚早，一路上雀鸟都被我们的步声惊飞，偶尔还能看见刺竹林里松鼠忙碌地跳跃，我们没有说什么话，只是无声地默默前行。一直走到黑肚大溪，爸爸背负我涉过水的对岸，突然站定，回头怅望迅即流去的溪水，隔了一会儿说：

"弟弟已经死了，不要再想他。"

"爸爸今天带你去过火，就像刚刚我们走水过来一样，你只要走过火堆，一切都会好转。"

---

① pump一词的音译，常见于中国台湾地区。在大陆，我们称之为泵。——编者注

爸爸看到我茫然的眼神，勉强微笑着说：

"只不过是一个小小的火堆罢了。"

我们又开始赶路，我侧脸望着母亲手挽花布包袱的样子，她的眼睛里一片绿，映照出我们十几年垦拓出来的大地，两个眼睛水盈盈的。

我走得慢极了，心里只惦想着家里养的两只蓝雀仔，爸爸索性把我负在背上，愈走愈快，甚至把妈妈丢在远远的后头了。

穿过相思树林的时候，我看到远方小路尽头处有一片花花的阳光。

一个火堆突然莫名地闪过我的脑际。

抵达小镇的时候，广场上已经聚集了黑压压的人头，这是小镇十年一次的做醮，沸腾的人声与笑语嗡嗡地响动。我从架满肥猪的长列里走过，猪头涨满了蹦起的线条，猪口里含着新鲜金橙色的橘子，被剖开肚子的猪仔们竟微笑着一般，怔怔地望着脸上溢满欣喜的人群。

广场的左侧被清出一块光洁的空地，人们已经围聚在一起，看着空地上正猛烈燃烧的薪材。爸爸告诉我那些木材至少有四千斤，火舌高扬冲上了湛蓝的天空，在毕毕剥剥的材裂声中我仿佛听见人们心里狂热的呼喊，人人的脸蛋都烘成了暖滋滋的新红色。两个穿着整齐衣着的人手拿丈长的竹竿正挑着火堆，挑一下儿，飞扬起一阵烟灰，火舌马上又追了上来。

一股刚猛的热气扑到我脸上，像要把我吞噬了。妈妈拉我到怀中，说："不要太靠近，会烫到。"正在这时，广场对角的戏台咚咚呛呛地响起了锣鼓，扮仙开始，好戏就要开锣了。

咚咚呛呛，咚咚呛，柴火慢慢小了，剩下来的是一堆红通通的火炭，裂成大大小小一块块，堆成一座火热的炭山。我想起爸爸要我走火堆，看热闹的心情好像一下子被水浇灭了。

"司公来了！司公来了！"人群里响起一阵呼喊，壅塞的人群眼睛全望向相同的方向，一个身穿黑色道袍头戴黑色道帽的人走来，深浓的黑袍上罩着一件猩红色的绸缎披肩，黑帽上还有一粒鲜红色的帽粒。

人群让开一条路，那个又高又瘦的红头道士踏着八卦步一摇一摆地走进来，脸上像一张毫无表情的画像。

人们安静下来了。

我却为这霎时的静默与远处噪闹的锣鼓而微微地颤抖。

红头道士做法事的另一边，一个赤裸上身的人正颤颤地发抖，颤动的狂热使人群的焦点又注视着他，爸爸牵我依过去，他说那是神的化身，叫作童乩。

童乩吐着哇哇不清的语句，他的身侧有一个金炉和一张桌子，桌上有笔墨和金纸。他摇得太快，使我眼花缭乱，他提起笔在金纸上乱画一通，有圈、有钩、有直，我看不出那是什么。爸爸领了一张，装在我的口袋里，说可以保佑我过火平安，平安装在我的口袋里便可以安心去过火了。

呜——呜——呜！呜！

远远望去，红头道士正在木炭堆边念咒语，烟雾使他成为一个诡异的立体，他左手持着牛角号，吹出了低沉而令人惊惧的声音。右手的一条蛇头软鞭用力抽打在地上，发出啪啪的响声，鞭声夹着号角声，人人都被震慑住了。

爸爸说，那是用来驱赶邪鬼的。

后来，道士又拿来一个装了清水的碗和盛满盐巴的篮子，他含了一口水，噗一声喷在炭上，嗤——一阵水烟蒸腾起来，他口中喃喃，然后把一篮盐巴遍洒在火堆上。三乘小轿在火堆旁绕圈子，有人拿长竹竿把火堆铺成一丈长四尺宽的火毡，几个精壮的汉子用力拨开人群，口里高呼着："请闪开，过火就要开始了。"

三乘小轿越转越快，转得像飞轮一样。

妈妈将我紧紧抱在怀中。

三乘小轿的轿夫齐声呼喝，便顺序跃上火毡，嗤一声，我的心一阵紧缩，他们跨着大步很快地从火毡上跑过去，着地的那一刻，所有人都从梦般的静默里惊呼起来，一些好事的人跑过去看他们的脚，这时，轿夫笑了。

"火神来过了，火神来过了。"许多人忍不住狂呼跳叫。

红头道士依然在火堆旁念着神秘的不可知的像响自远天深处的咒语。

过火的乡人们都穿着一式的汗衫短裤，露出黧黑而多毛的腿，一排排的腿竟像冒着白烟，蒸腾着生命的热气。

那些腿都是落过田水的，都是在炙毒的阳光和阴诈的血蛭中慢慢长成，生活的熬炼就如火炭一直铸着他们——他们那样地兴奋，竟有一点儿像去赶市集一样，人人面对炭火总是有些惊惶，可是老天有眼，他们相信这一双肉腿是可以过火的。

十二月天，冷酸酸的田水，和春天火炙炙的炭火并没有不同，一个是生活的历练，一个是生命的经验，都只不过是农人与天运搏斗的一个节目。

轿子，一乘乘地采取同样的步姿，夸耀似的走过火堆。

爸爸妈妈紧紧牵着我，每当嚓的声音响起，我的心就像被铁爪抓紧一般，不能动弹。

司锣的人一阵紧过一阵地敲响锣鼓。

轿夫一次又一次将他们赤裸的脚踝埋入红艳艳的火毡中。

随着锣鼓与脚踝的乱蹦乱跳，我的心也变得仓皇异常，想到自己要迈入火堆，像是陷进一个恐怖的海上噩梦，抓不到一块可以依归的浮木。

一张张红得诡谲的玄妙的脸闪到我的眼睫来。

我抓紧爸妈微微渗汗的手，思及弟弟在天地的风景中永远消失的一幕，他的脸像被火烤焦的紫红色，头一偏，便魔呓也似的去了，床侧焚烧的冥纸耀动鬼影般的火光。

在火光的交叠中，我看到领过符的乡民一一迈步跨入火堆。

有的步履沉重，有的矫捷，还有仓皇跑过的。

我看到一位老人背负着婴儿走进火堆，他青筋突起的腿脚毫不迟疑地埋进火中，使我想起庙顶上红绿交糅的庄严画像。爸爸告诉我，那是他重病的小儿子，神明用火来医治他。

咚咚呛呛，咚咚呛。

远处的戏锣和近处的锣鼓声竟交缠不清了。

"阿玄，轮到你了。"妈妈用很细的声音说。

"我——我怕。"

"不要怕,火神来过了,不要怕。"

爸妈推着我就要往火堆上送。

我抬头望望他们,央求地说:"爸,妈,你们和我一起走。"

"不行。只有你领了符。"爸爸正色道。

锣声响着。

火光在我眼前和心头交错。

爸妈由不得我,硬把我架走到火堆的起点。

"我不要,我不要——"我大声号哭起来。

"走,走!"爸爸吼叫着。

"我不要——"

"妈——"

我跪了下来,紧紧抱住妈妈的腿,泪水使我什么都看不见了。

"没出息。我怎么会生出这种儿子,给我现世。今天你不走,我就把你打死在火堆上。"爸爸的声音像夏天午后的西北雨雷,嗡嗡响动。我抬头看,他脸上爬满泪水,重重把我摔在地上,跑去抢起道坛上的蛇头软鞭,啪一声抽在我身旁的地上,溅起一阵泥灰。

"我打死你!我打死你!林姓的祖先做了什么孽,生出这样的孩子,我打死你,让你去和那个讨债的儿子做堆!"我从来没有看过爸爸暴怒的面容,他的肌肉纠结着,头发扬散如一头巨狮。

"你疯了。"妈妈抢过去拦他,声音凄厉而哀伤。

红头道士、轿夫们、人群都拥过来抓住爸爸正要飞来的鞭子。

锣也停了。

爸爸被四个人牢牢抓住,他不说话,虎目如电刺穿我的全身。

四周是可怕的静寂。

我突然看见弟弟的脸在血红的火堆中燃烧,想起爸爸撑着猎枪掉泪的面影和他辛苦荷锄的身姿,我猛地站起,对爸爸大声说:"我走,我走给你看,今天如果我不敢走这火堆,就不是你的囝仔。"

锣声缓缓响起。

几千只目光如炬注视。

我走上了火堆。

第一步跨上去,一道强烈的热流从我脚底窜进,贯穿了我的全身,我的汗水和泪水全滴在火上,一声嗤,一阵烟。

我什么都看不见,仿佛陷进一个神秘的围城,只听到远天深处传来弟弟轻声的耳语:"走呀!走呀!"那是一段很短的路,而我竟完全不知它的距离,不知它的尽处,相思林尽头的阳光亮起,脚下的火也浑然忘了。

踩到地的那一刻,土地的冰凉使我大吃一惊,唬——一声,全场的人都欢呼起来,爸爸妈妈早已等在这头,两个人抢抱着我,终于号啕地哭成一堆。打锣的人戏剧性地欢愉地敲着急速的锣鼓。

爸爸疯也似的紧抱我,像要勒断我的脊骨。

那一天,那过火的一天,我们快乐地流泪走回家。

到黑肚大溪,爸爸叫我独自涉水。

猛然间,我感到自己长大了。

童年过火的记忆像烙印一般影响了我整个生命的途程，日后我遇到人生的许多事都像过火一样，在起步之初，我们永远不知道能否安全抵达火毡的那一端，我们当然不敢相信有火神，我们会害怕、会无所适从、会畏惧受伤，但是人生的火一定要过、情感的火要过、欢乐与悲伤的火要过、沉郁与激情的火要过、成功与失败的火要过。

我们不能退缩，因为我们要单独去过火，即使亲如父母，也有无能为力的时候。

长 命 菜

只要我们的爱与幸福可以绵延,
使欢喜充满在每一刻,
那就是生命最大的祝愿了。

每年在围炉吃年夜饭的时候,妈妈都会准备一盘"长命菜",长命菜是南部乡下的习俗,几乎每一家都会准备。

"长命菜"并不是什么特别的菜,只是普通的菠菜,由于是农人为过年习俗特别种植的,又和一般菠菜不一样。大约是菠菜长到八寸至一尺长时采摘,采的时候要连根拔起,不论根、茎、叶都不可折断。

采好后洗净,一束束摆在菜摊,绿色的茎叶配着艳红的根,非常好看。

家里有种菜的时候,妈妈会在除夕当天的清晨到菜园去采菠菜,每次都是小心翼翼,生怕折断了菠菜。后来家里不种菜了,就会到市场去选特别嫩的菠菜来做长命菜。

"长命菜"的做法最简单了,就是把菠菜放在水里烫熟,一棵棵摊平摆在盘中（不可弯折），每次看到煮熟的菠菜，都使我想起李翰祥电影《乾隆下江南》里，乾隆皇帝到江南吃到一道名菜"红嘴绿鹦哥"，认为是人间至极的美味，其实只是连着根的菠菜罢了。

"不可咬断，要连根一起吞下去！"要吃长命菜前，爸爸都会煞有介事地叮咛我们，并且先示范表演一番。

我们都会信以为真，然而小孩子喉咙细，吞起一棵菠菜也不是那么容易的，好不容易把一棵长命菜吞进腹中，耳畔就会响起一片鼓励的掌声，等到所有的人把长命菜吞完，年夜饭才算正式开始。

"长命菜"是乡下平凡百姓对生命最大的祝愿，希望新的一年有一个好的开始，并且能长命百岁，生命纵使有苦难的时刻，因为有这样的祝愿，仿佛幸福也在不远之前。

当然，吃长命菜不会使人长命百岁，从小逼迫我们吃长命菜的父亲，早就走完人生的旅程；与我们排队吃长命菜的堂兄弟姊妹，也有四位离开了世间；其他的兄弟姊妹也因为散居世界各地而星云四散了。

长命菜不长命，团圆饭不团圆，这并不是什么悲哀的事，而是人间的真情实景。我们每年还是渴望着团圆，笑闹着吃长命菜，因为那是一种"希望工程"，希望我们能珍惜今生的缘会，希望我们都能活得更长命，来和亲爱的家人相守。

闽南语歌曲《走马灯》里有这样几句："星光月光转无停，人生呀人生，冷暖世情多演变，人生宛如走马灯。"每次到过年就会想到这首歌，想到星月的流转，年华的短促，想起历尽沧桑的情景，悲欢离合转不停……这时候就会觉得只要能珍惜着今年今夜、此情此景，便是生命的幸福了。

儿时吃长命菜那种欢欣鼓舞的景象，常常宛如生命的掌声，推着我们前进。

只要我们的爱与幸福可以绵延，使欢喜充满在每一刻，那就是生命最大的祝愿了。

因此，不管我在天涯海角，每年过年的时候，我都会亲自准备一盘长命菜，想起父亲，还有一些难以忘怀的生命的痕迹！

飞鸽的早晨

哥哥在山上做了一个捕鸟的网，带他去看有没有鸟入网。

他们沿着铺满鹅卵石的河床走着，那时正是月桃花开放的春天，一路上月桃花微微的乳香穿过粗野的山林草气，随着温暖的风在河床上流荡。随后，他们穿过一些人迹罕至的山径，进入生长着野相思林的山间。

在路上的时候，哥哥自豪地对他说："我的那面鸟网仔，飞行的鸟很难看见，在有雾的时候逆着阳光就完全看不见了。"

看到网时，他完全相信了哥哥的话。

那面鸟网布在山顶的斜坡，形状很像学校排球场上的网，狭长形的，大约有十公尺那么长，两旁的网线系在两棵相思树干上，不仔细看，真是看不见那面网。但网上的东西却是很真切地在扭动着，哥哥在坡下就大叫："捉到了！捉到了！"然后很快地奔上山坡，他拼命跑，紧随着哥哥。

跑到网前，他一边喘着大气，才看清哥哥今天的收获不少，网住了一只鸽子、三只麻雀，它们的脖颈全被网子牢牢扣死，却还拼命地在挣扎，"这网子是愈扭动扣得愈紧。"哥哥得意地说，把两只麻雀解下来交给他,他一手握一只麻雀,感觉到麻雀高热的体温,麻雀怦怦慌张的心跳,也从他手心传了过来,他忍不住同情地注视着这两只刚从网子解下的麻雀,它们正用力地呼吸着,发出像人一样的啾啾之声。

啾啾之声在教室里流动,他和同学大气也不敢喘,静静地看着老师。

老师正靠在黑板上,用历史课本掩面哭泣。

他们那一堂历史课正讲到南京大屠杀,老师说到日本兵久攻南京城不下,后来进城了,每个兵都执一把明晃晃的武士刀,从东门杀到西门,从街头砍到巷尾,最后发现这样太麻烦了,就把南京的老百姓集合起来挖壕沟,挖好了跪在壕沟边,日本兵一刀一个,刀落头滚,人顺势前倾栽进沟里,最后用新翻的土掩埋起来。

"一九三七年十二月十三日,你们必须记住这一天,日本兵进入南京城,烧杀奸淫,我们中国老百姓,包括妇女和小孩子,被惨杀而死的超过三十万人……"老师说着,他们全身的毛孔都张开了,轻微地颤抖着。

说到这里,老师叹息一声说:"在那个时代,能一刀而死的人已经是最幸运的了。"

老师合起历史课本,说她有一些亲戚住在南京,抗战胜利后,她到南京去寻找亲戚的下落,十几个亲戚竟已骸骨无存,好像从来没有在这个世界存在过,她在南京城走着,竟因绝望的悲痛而昏死过去……

老师的眼中升起一层雾，雾先凝成水珠滑落，最后竟掩面哭了出来。

老师的泪，使他们仿佛也随老师到了那伤心之城。他温柔而又忧伤地注视着这位他最敬爱的历史老师，老师挽了一个发髻，露出光洁美丽饱满的额头，她穿一袭像天空一样的蓝旗袍，肌肤清澄如玉，在她落泪时是那样凄楚，又是那样美。

老师是他那时候的老师里唯一来自北方的人，说起汉语来水波灵动，像小溪流过竹边。他常坐着听老师讲课而忘了课里的内容，就像听见风铃叮叮摇曳。她是那样秀雅，很难让人联想到那烽火悲歌的时代，但那是真实的呀！最美丽的中国人也从炮火里走过！

说不出为什么，他和老师一样心酸，眼泪也落了下来，这时，他才听见同学们都在哭泣的声音。

老师哭了一阵儿，站起来，细步急走出了教室，他望出窗口，看见老师从校园中两株相思树穿过去，蓝色的背影在相思树中隐没。

哥哥带他穿过一片浓密的相思林，拨开几丛野芒花。

他才看见隐没在相思林中用铁丝网围成的大笼子，里面关了十几只鸽子，还有斑鸠、麻雀、白头翁、青笛儿，一些叽叽喳喳的小鸟。

哥哥讨好地说："这笼子是我自己做的，你看，做得不错吧？"

他点点头，哥哥把笼门拉开，将新捕到的鸽子和麻雀丢了进去。他到那时才知道，为什么哥哥一放学就往山上跑的原因。

哥哥大他两岁，不过在他眼中，读初中一年级的哥哥已像个大人。平常，哥哥是不屑和他出游的，这一次能带他上山，是因为两星期前他们曾打了一架，他立志不与哥哥说话，一直到那天哥哥说愿意带他到山上捕鸟，他才让了步。

"为什么不把捕到的鸟带回家呢？"他问。

"不行的，"哥哥说："带回家会挨打，只好养在山上。"

哥哥告诉他，把这些鸟养在山上，有时候带同学到山上烧烤小鸟吃，真是人间的美味。在那样物资匮乏的年代，烤小鸟对乡下孩子确有很大的诱惑。

他也记得，哥哥第一次带两只捕到的鸽子回家烧烤，被父亲毒打的情景，那是因为鸽子的脚上系着两个脚环，父亲看到脚环时大为震怒，以为哥哥是偷来的。父亲一边用藤条抽打哥哥，一边大声吼叫："我做牛做马饲你们长大，你却去偷人家的鸽子杀来吃！"

"我做牛做马饲你们长大，你却……"这是父亲的口头禅，每次他们犯了错，父亲总是这样生气地说。

做牛做马，对这一点，他记忆中的父亲确实是牛马一样日夜忙碌的，并且他也知道父亲的青少年时代过得比牛马都不如，他的父亲，是从一个恐怖的时代存活过来的。父亲的故事，他从年幼就常听父亲提起。

父亲生在日本侵华战争的晚期，十四岁时就被以"少年队"

的名义调到左营桃仔园做苦工，每天凌晨四点开始工作到天黑，做最粗鄙的工作。十七岁，他被迫加入"台湾总督府勤行报国青年队"，被征调到雾社，及更深山的"富士社"去开山，许多人掉到山谷死去了，许多人体力不支死去了，还有许多是在精神折磨里无声无息地死去了，和他同去的中队有一百多人，活着回来的只有十一个。

他小学一年级第一次看父亲落泪，是父亲说到在"勤行报国青年队"时每天都吃不饱，只好在深夜跑到马槽，去偷队长喂马的饲料，却不幸被逮住了，差一点儿被活活打死。父亲说："那时候，日本队长的白马所吃的粮，比我们吃得还好，那时我们台湾人真是牛马不如呀！"说着，眼就红了。

二十岁，父亲被征调去"海军陆战队"转战太平洋，后来深入中国内地。那时日本资源不足，据父亲说最后的两年过的是鬼也不如的日子，怪不得日本鬼子后来会恶性大发。父亲在求生不能求死不得的战火中过了五年，最后日本投降，他也随日本军队投降了。

父亲被以"日籍台湾兵"的身份遣送回台湾，与父亲同期被征调的士兵有二百多人，活着回到家乡的只有七个。

"那样深的仇恨，都能不计较，真是了不起的事呀！"父亲感慨地对他们说。

那样深的仇恨，怎样去原谅呢？

这是他幼年时代最好奇的一段，后来他美丽的历史老师，在课堂上用一种庄严明澈的声音，一字一字朗诵了那一段历史：

"我中国同胞们须知'不念旧恶'及'与人为善'为我民族传统至高至贵之德行。我们一贯声言，我们只认日本黩武的军阀为敌，不以日本的人民为敌。今天敌军已被我们盟邦共同打倒了，我们当然要严密责成他忠实执行所有的投降条款。但是，我们并不要报复，更不可对敌国无辜人民加以污辱。我们只有对他们为他的纳粹军阀所愚弄所驱迫而表示怜悯，使他们能自拔于错误与罪恶。要知道，如果以暴行答复敌人以前的暴行，以奴辱来答复他们从前错误的优越感，则冤冤相报，永无终止，绝不是我们仁义之师的目的。"

听完那一段，他虽不能真切明白其中的含意，却能感觉到字里行间那种宽广博大的悲悯，尤其是最后"仁义之师"四个字使他的心头大为震动。在这种震动里面，课室间流动的就是那悲悯的空气，庄严而不带有一丝杂质。

老师朗读完后，轻轻地说："那时候，全国都弥漫着仇恨与报复的情绪，虽然说被艰苦得来的胜利所掩盖，但如果没有蒋公在重庆的这段宣言表明政府的态度，留在中国的日本人就不可收拾了。"

老师还说，战争是非常不幸的，只有亲历战争悲惨的人，才知道胜利与失败同样的不幸。我们中国人被压迫、被惨杀、被蹂躏，但如果没有记取这些，而用来报复给别人，那最后的胜利就更不幸了。

记得在上那抗战的最后一课，老师已洗清了她刚开始讲抗战的忧伤，而是那么明净，仿佛是卢沟桥新雕的狮子，周身浴在一层透明的光中。那是多么优美的画面,他当时看见老师的表情,就如同供在家里佛案上的白瓷观音。

他和哥哥打架时,深切知道宽容仇恨是很困难的,何况是千万人的被屠杀?可是在那些被仇恨者中,有他最敬爱的父亲,他就觉得那对侵略者的宽容是多么伟大而值得感恩。

老师后来给他们说了一个故事,是他永远不能忘记的:

"有一只幼小的鸽子,被饥饿的老鹰追逐,飞入林中,这时一位高僧正在林中静坐。鸽子飞入高僧的怀中,向他求救。高僧抱着鸽子,对老鹰说:

"'请你不要吃这只小鸽子吧!'

"'我不吃这只鸽子就会饿死了,你慈悲这鸽子的生命,为什么不能爱惜我的生命呢?'老鹰说。

"'这样好了,看这鸽子有多重,我用身上的肉给你吃,来换取它的生命,好吗?'

"老鹰答应了高僧的建议。

"高僧将鸽子放在天平的一端,然后从自己身上割取同等大的肉放在另一端,但是天平并没有平衡。说也奇怪,不论高僧割下多少肉,都没有一只幼小的鸽子重,直到他把股肉臂肉全割尽,小鸽站立的天平竟没有移动分毫。

"最后,高僧只好竭尽仅存的一口气将整个自己投在天平的一端,天平才算平衡了。"

老师给这个故事做了这样的结论:"生命是不可取代的,不管生命用什么面目呈现,都有不可取代的价值,老鹰与鸽子的生命不可取代，侵略者与被侵略者也是一样的，为了救鸽子而杀老鹰是不公平的，但天下有什么绝对公平的事呢？"

说完后，老师抬头看着远方的天空，蓝天和老师的蓝旗袍一样澄明无染，他的心灵仿佛也受到清洗，感受到慈悲有壮大的力量，可以包容这个世界，人虽然渺小，但只要有慈悲的胸怀，也能够像蓝天与虚空一般庄严澄澈，照亮世界。

上完课，老师踩着阳光的温暖走入相思树间，惊起了停在枝丫中的麻雀。

黄昏时分，他忧心地坐在窗口，看急着归巢的麻雀零落地飞过。

他的忧心，是因为哥哥第二天要和同学到山上去烧鸟大会，特别邀请了他。他突然想念起那一群被关在山上铁笼里的鸟雀，想起故事里飞入高僧怀中的那只小鸽子，想起有一次他和同学正在教室里狙杀飞舞的苍蝇，老师看见了说："别打呀！你们没看见那些苍蝇正在搓手搓脚地讨饶吗？"

明天要不要去赴哥哥的约会呢？

去呢？不去呢？

清晨，他起了个绝早。

在阳光尚未升起的时候，他就从被窝钻了出来，摸黑沿着小径上山，一路上听见鸟雀们正在醒转的声音，在那些喃喃细语的鸟鸣声中，他仿佛听见了每天清晨上学时母亲对他的叮咛。

在这个纷乱的世间，不论是亲人、仇敌、宿怨，乃至畜生、鸟雀，都是一样疼爱着自己的儿女吧！

跌了好几跤，他才找到哥哥架网的地方，有几只早起的麻雀已落在网里，做最后的挣扎，他走上去，一一解开它们的束缚，看着麻雀如箭一般惊慌地腾飞冲向空中。

他钻进哥哥隐藏铁笼的林中，拉开了铁丝网的门，鸟群惊疑地注视着他，轻轻扑动翅翼，他把它们赶出笼子，也许是关得太久了，那些鸟在笼门口迟疑一下儿，才振翅飞起。

尤其是几只鸽子，站在门口半天还不肯定，他用双手赶着它们说："飞呀！飞呀！"鸽子转着墨圆明亮的眼珠，骨溜溜地看着他，试探地拍拍翅，咕咕！咕咕！咕咕！叫了几声，才以一种优美无比的姿势冲向空中，在他的头上盘桓了两圈，才往北方的蓝天飞去。

在鸽子的咕咕声中，他恍若听见了感恩的情意，于是，他静静地看着鸽子的灰影完全消失在空中，这时候第一道晨曦才从东方的山头照射过来，大地整个醒转，满山的鸟鸣与蝉声从四面八方演奏出来，好像这是多么值得欢腾的庆典。他感觉到心潮汹涌澎湃，他第一次知道自己的心那样清和柔软，像春天里最初抽芽的绒绒草地，随着他放出的高飞远去的鸽子、麻雀、白头翁、斑鸠、青笛儿，他听见了自己心灵深处一种不能言说的慈悲的消息，在整个大地里萌动涌现。

看着苏醒的大地，看着流动的早云，看着光明无限的天空，看着满天清朗的金橙色霞光，他的视线逐渐模糊了，才发现自己的眼中饱孕着将落未落的泪水，心底的美丽一如晨曦照耀的露水，充满了感恩的喜悦。

新年新心新欢喜

愿主事者能以天下苍生为念，因为
"向阳门第春常在，积善人家庆有余"，
若大家都能心向太阳，多做善事，
互相体念，照顾人民，今年一定会更好！

除夕的下午，在老家帮忙打扫，等一切都弄妥当了，妈妈突然想起来还需要两副春联，便叫弟弟到街上去买，弟弟临出门前，她想了一下儿，说："和你二哥一起去，伊的学问较饱，捡两副较欢喜的回来。"

我便和小弟一起到街上的春联铺去，春联铺是佛具店老板兼营的，因为他写得一手好字，几十年来在过年的时候就兼卖春联了。

我从未买过春联，于是问了一下儿价钱。老板说："有描金的七十元，没有描金的五十元。"算起来也不便宜，我想到以前的三合院旧家，每一个门口需要一副春联，前前后后加起来十几副，如果现在买的话，光是春联就要花一千元了。

在春联铺子，我们前前后后找了半天，只剩下给生意人贴的春联，老板说其他的春联都被挑走了。我说："可不可以帮我们写两副呢？"

"不行，现在的春联都是用油纸，四五天前写才会干，明天就是初一，现在不能写了。"

我看看那些写在春联上的句子，都是一些老掉牙的句子，而且书写春联的人，字虽然四平八稳，却很公式化，和春联上的句子一样保守。我对弟弟说："我们自己来写春联吧！"

花了二十元买一大张红纸，向侄儿借用毛笔和墨汁，我自己写了两副对子，一副是：

旧情旧事旧感怀

新年新心新欢喜

写好之后，才想到需要一个横批，便写了四个字："怀旧创新"，因为觉得"除旧布新"虽好，不如怀念旧事物，开创新局面来得好。旧事物中有许多好的部分值得怀念，那些坏的部分则可以给我们新的教训，也不可忽视。

另一副春联是：

秋花秋月人间无价

春风春雨天地有情

横批是"大地回春"。虽说大地春回，大家都沐浴在欢喜之中，却很容易忽略掉，春天是很容易过去的，到了秋天，我们是不是也能有喜悦的心来看人间的展现呢？

我很久没有用毛笔写字了，写得没有从前好，不过自己把标准降低，只求风格，不求完美，看了也十分满意，孩子们看了我写的春联，都拍手欢呼。

在贴春联的时候，我想到从前的人贴春联，除了吉祥喜庆的含意，也可以说是"一年之计"，是为自己新的一年祈祷和立志，生意人给自己的立志是"生意兴隆通四海，财源茂盛达三江"；农夫的志愿是"风调雨顺，国泰民安"；读书人的祈求是"忠厚传家远，诗书继世长"。而不管是什么行业的人，都希望能"有福"、"有春""新禧""招财进宝"，都是对着未来怀抱无限的希望。

不论旧的一年多么不堪，我们在新年伊始，也不应该怀忧丧志，而是有新的喜心，来展望万象的更新，体会到"森罗万象许峥嵘"的更深的含义！

可叹的是，贴春联的旧俗已经没落，还在贴春联的人则去买现成的来虚应一番，已经很少人在新年时做祈愿了。

去年一年，局势波动不安，经济、社会、文化都受到影响，因此在年节时看到"风调雨顺，国泰民安"的句子，感受格外深刻，但愿主事者都能以天下苍生为念，捐弃私欲与成见，为新的一年开创新局，因为"向阳门第春常在，积善人家庆有余"，若大家都能心向太阳，多做善事，互相体念，照顾人民，今年一定会更好！

寻找幸运草

在弟弟乡下的花园，酢浆草花开得正盛。小小的紫花像泼墨，渲染在高大的红玫瑰丛下，有一点儿像紫色的流云。

我忍不住蹲下来欣赏，挺直而花瓣分明的玫瑰显得优雅而庄严，所以把它用来作为献给爱情的花。柔软而花姿抽象的酢浆草花是那么自在而随兴，所以它不是为奉献而存在，是给细腻的人印心的。

正在出神的时候，弟弟两个可爱的孩子跑来依偎我，问我说："阿伯，你在找什么？"

我揽着两个孩子说："阿伯正在寻找幸运草。"

"什么是幸运草呢？"

我拔起一株连根的酢浆草，教孩子仔细看，我说："你们看，这酢浆草的叶子是三片的，传说如果找到一株四个叶片的酢浆草，叫作'幸运草'，那时就会很幸运，愿望就会成真喔。"

"哇！太棒了，我们也要找幸运草。"

两个孩子很快地钻入花丛中，在玫瑰花和红合欢下搜寻。

孩子热切的举动，使我莞尔。想到我第一次听到"幸运草"

的传说，也是在八九岁的年纪。从那个时候起，我只要看到酢浆草，就会忍不住蹲下来，看看能不能找到幸运草，以使我的愿望实现。

一直到我长大了，还改不了寻找幸运草的习惯，有一天，我在一条河岸边找累了，躺在护岸上看着天空，才猛然想到："我的愿望是什么呢？万一找到幸运草，我怎么样许愿呢？"

当时我是一个少年，愿望非常单纯，像童话一样。如果只能许三个愿望，第一个是成为好作家，写出生命中美好的情景；二是离开小小的故乡，去探访远大的世界；三是找到一位身心灵完全相契的伴侣，过着幸福快乐的日子。

可惜，我一直没有找到幸运草，因此愿望一直得不到许诺。虽然我也写作，试图去触及更美好的情景；我也离开了故乡，带着很深的思念；慢慢地，我也发现了，在广辽的人间，要找到身心灵完全相契的人，是多么渺茫，就好像在草原的酢浆草中找到一株幸运草。

我从来没有找到过幸运草，那株幸运草就更深地埋入了我的心里。

"阿伯！"两个满头大汗的孩子把我从冥想中唤出来，"整个花园，都找不到幸运草。"他们的脸上露出失望的表情。

"没关系的，阿伯从小到大都在找，也没有找到过幸运草呢！说不定有一天你们会找到。"我安慰孩子，接着说，"阿伯给你们比幸运草更棒的东西。"

"是什么？"

我从口袋里掏出两个十元硬币，一人赏一个："是不是比幸运草更棒？"孩子开心地笑了，欢天喜地地走了。

这世间，真的有人找到过幸运草吗？到了中年我越来越生起疑情，但那疑情也日渐明晰了起来。

也许，"世上根本没有幸运草"——这是疑情的部分。

也许，"幸运草根本不在草里"——这是日渐明晰的部分。

幸运草多出来的一片，确实不在草里，而在我们的心中。只要我们的心够宽广坚持，只要我们的情够细腻温柔，只要我们的爱够深刻美好，只要我们一直保有喜悦自由的生命姿势，我们的心就会长出一株美丽的、四个叶片宛然的幸运草。

当我们的心比一般人多了一片，在平凡的酢浆草叶中，必然也会观见幸运草的实相。

相契的草一旦宛然，相契的人不也宛然了吗？

冰 糖 芋 泥

　　每到冬寒时节，我时常想起幼年时候，坐在老家西厢房里，一家人围着大灶，吃母亲做的冰糖芋泥。事隔二十年，每回想起，齿颊还会涌起一片甘香。

　　有时候没事，读书到深夜，我也会学着妈妈的方法，熬一碗冰糖芋泥，温暖犹在，但味道已大不如前了。我想，冰糖芋泥对我，不只是一种食物，而是一种感觉，是冬夜里的暖意。

　　成长在日本投降后的台湾最初那几年的孩子，对番薯和芋头这两种食物，相信记忆都非常深刻。早年在乡下，白米饭对我们来讲是一种奢想，三餐时，饭锅里的米饭和番薯永远是不成比例的，有时早上喝到一碗未掺番薯的白粥，就会高兴半天。

　　生活在那种景况中的孩子只有自求多福，但最难为的恐怕是妈妈，因为她时刻都在想如何为那简单贫乏的食物设计一些新的花样，让我们不感到厌倦，并增加我们的生活趣味。我至今最怀念的是母亲费尽心思在食物上所创造的匠心和巧意。

　　打从我刚学会走路的时候，就经常在午后的空闲里，随着母亲到田里采摘野菜，她能分辨出什么野菜可以食用，且加以最可口的配方。譬如有一道菜叫"乌莘菜"的，母亲采下那最嫩的芽，用太白粉烧汤，那又浓又香的汤汁，我到今天还不敢稍有忘怀。

即使是番薯的叶子，摘回来后剥皮去丝，不管是火炒，还是清煮，都有特别的翠意。

如果遇到雨后，母亲就拿把铲子和竹篮，到竹林中去挖掘那些刚要冒出头来的竹笋。竹林中阴湿的地方常生长着一种可食用的蕈类，是银灰而带点褐色的。母亲称为"鸡肉丝菇"，炒起来的味道真是如同鸡肉丝一样。

就是乡间随意生长的青凤梨，母亲都有办法变出几道不同的菜式。

母亲是那种做菜时常常有灵感的人，可是遇到我们几乎天天都要食用，等于是主食的番薯和芋头则不免头痛。将番薯和芋头加在米饭里蒸煮是很容易的，可是如果天天吃着这样的食物，恐怕脾气再好的孩子都要哭丧着脸。

在我们家，番薯和芋头都是长年不缺的，番薯种在离溪河不远处的沙地，纵在最困苦的年代，也会繁茂地生长，取之不尽，食之不绝；芋头则种在田野沟渠的旁边，果实硕大坚硬，也是四季不缺。

我常看到母亲对着用整布袋装回来的番薯和芋头发愁，然后她开始在发愁中创造，企图用最平凡的食物，来做最不平凡的菜肴，让我们整天吃这两种东西不感到烦腻。

母亲当然把最好的部分留下来掺在饭里，其他的，她则小心翼翼地将之切成薄片，用糖、面粉，和我们自己生产的鸡蛋打成糊状，薄片沾着粉糊下到油锅里炸，到呈金黄色的时刻捞起，然后用一个大的铁罐盛装，就成为我们日常食用的饼干。由于母亲故意宝爱着那些饼干，我们吃的时候是用分配的方式，所以就觉得格外好吃。

即使是番薯有那么多，母亲也不准我们随便取用，她常谈起日本侵略时期空袭的一段岁月，说番薯也和米饭一样重要。那时我们家还用烧木柴的大灶，下面是排气孔，烧剩的火灰落到气孔中还有温热，我们最喜欢把小的红心番薯放在孔中让火炉焖熟，剥开来真是香气扑鼻。母亲不许我们这样做，只有得到奖赏的孩子才有那种特权。

记得我每次考了第一名，或拿奖状回家时，母亲就特准我在灶下焖两个红心番薯以作为奖励；我从灶里拿出焖熟的番薯，心中那种荣耀的感觉，真不亚于在学校的讲台上领奖状，番薯吃起来也就特别有味。我们家是个大家庭，我有十四个堂兄弟，四个堂姊，伯父母都是早年去世，由母亲主理家政，到今天，我们都还记得领到两个红心番薯是一个多么隆重的奖品。

番薯不只用来做饭、做饼、做奖品，还能与东坡肉同卤，还能清蒸，母亲总是每隔几日就变一种花样。夏夜里，我们做完功课，最期待的点心是，母亲把番薯切成一寸见方，和凤梨一起煮成的甜汤；酸甜兼具，颇可以象征我们当日的生活。

芋头的地位似乎不像番薯那么重要，但是母亲的一道芋梗做成的菜肴，几乎无以形容。有一回我在台北天津卫吃到一道红烧茄子，险些落下泪来，因为这道北方的菜肴，它的味道竟和二十几年前南方贫苦的乡下、母亲做的芋梗极其相似。本来挖了芋头，梗和叶都要丢弃的，母亲却不舍，于是芋梗做了盘中餐，芋叶则用来给我们上学做饭包。

芋头孤傲的脾气和它流露的强烈气味是一样的，它充满了敏感，几乎和别的食物无法相容。削芋头的时候要戴手套，因为它会让皮肤麻痒，它的这种坏脾气使它不能取代番薯，永远是个二副，当不了船长。

我们在过年过节时，能吃到丰盛的晚餐，其中不可少的一样是芋头排骨汤。我想全天下，没有比芋头和排骨更好的配合了，唯一能相提并论的是莲藕排骨，但一浓一淡，风味各殊，人在贫苦的时候，毋宁是更喜爱浓烈的味道。母亲在红烧鲢鱼头时，炖烂的芋头和鱼头相得益彰，恐怕也是天下无双。

最不能忘记的是我们在冬夜里吃冰糖芋泥的经验，母亲把煮熟的芋头捣烂，和着冰糖同熬，熬成几近晶蓝的颜色，放在大灶上。就等着我们做完功课，给检查过以后，可以自己到灶上舀一碗热腾腾的芋泥，围在灶边吃。每当知道母亲做了冰糖芋泥，我们一回家便赶着做功课，期待着灶上的一碗点心。

冰糖芋泥只能慢慢地品尝，就是在最冷的冬夜，它也每一口都是滚烫的。我们一大群兄弟姊妹站立着围在灶边，细细享受母亲精制的芋泥，嬉嬉闹闹，吃完后才满足地回房就寝。

二十几年时光的流转，兄弟姊妹都因成长而星散了，连老家都因盖了新屋而消失无踪，有时候想在大灶边吃一碗冰糖芋泥都已成了奢想。天天吃白米饭，使我想起那段用番薯和芋头堆积起来的成长岁月，想吃去年腌制的萝卜干吗？想吃雨后的油焖笋尖吗？想吃灰烬里的红心番薯吗？想吃冬夜里的冰糖芋泥吗？有时想得不得了，心中徒增一片惆怅，即使真能再制，即使母亲还同样的刻苦，味道总是不如从前了。

我成长的环境是艰困的，因为有母亲的爱，那艰困竟都化成甜美，母亲的爱就表达在那些看起来微不足道的食物里面；一碗冰糖芋泥其实没有什么，但即使看不到芋头，吃在口中，可以简单地分辨出那不是别的东西，而是一种无私的爱，无私的爱在困苦中是最坚强的。它纵然研磨成泥，但每一口都是滚烫的，是甜美的，在我们最初的血管里奔流。

在寒流来袭的台北灯下，我时常想到，如果幼年时代没有吃过母亲的冰糖芋泥，那么我的童年记忆就完全失色了。

我如今能保持乡下孩子恬淡的本性，常能在面对一袋袋知识的番薯和芋头，知所取舍变化，创造出最好的样式，在烦闷发愁时不失去向前的信心，我确信和我童年的生活有着密切的关系。因为母亲的影子在我心里最深刻的角落，永远推动着我。

PART 4
/
生活・感悟篇

我不喜欢台北的冬天，
不断的阴雨，
包裹着厚衣的人在拥挤的街道，
有如撞球台的圆球撞来撞去。
春天来就会好些，
会多一些颜色、多一点生机，
还有一些悠闲的暖气。

最有力量的，是爱

对尚未吸毒的人，爱他们！

对已经吸毒的人，救他们！

最近去上电台的一个现场节目，一位中学三年级的女生打电话进来问问题，她说：

"林先生，我们现在每天都有考试，为了应付第二天的考试，晚上往往读书到半夜还读不完，不知道我该怎么办？"

我说："那其他的同学读得完吗？他们读不完又怎么办？难道就不睡觉了吗？"

听筒那边年轻而天真的声音说："我有很多同学用安非他命提神，听说效果很好，可以整夜不睡觉，我也好想去试试看。"

这个回答令我惊讶，没想到中学学生有那么多在吸安非他命，而且答得多么坦然，好像是喝可乐一样。

我忍不住对这个小女孩说，既然是每天都要考试，那么今天不睡觉可以，明天不睡觉也可以，是不是可以永远不睡觉呢？何况距离联考还有二十天，能不能都不睡撑到联考呢？万一联考的时候昏死在考场，又怎么办？

　　再说，书是永远读不完的，纵使吃了安非他命，也不可能把书读完。要读书而有精神，必须从生活来改善，如果一个孩子能生活规律，注重营养，有好的睡眠与休闲，精神一定会够的。靠安非他命提神以应付考试，就像用黄金的丸子打麻雀，是得不偿失的。

　　因为许多医学界的人士已经研究出来，安非他命长期服用，不但会破坏人体的免疫系统，对人的肾脏、肝脏、心脏都有致命的伤害，会无缘无故暴毙。同时，安非他命会导致妄想与精神错乱，一个人何苦为了小小的考试，而去做破财、伤身、害命的事呢？

　　"纵使什么学校都考不上，也不要吸食安非他命呀！"我对初三的女生说。

　　她挂断电话，我心里还七上八下的，不知道她是不是听得进我说的话，而我的回答不知道有没有打消她吸毒的念头。

　　我想起十几年前，那时中华商场还很热闹的时候，有一天我去逛中华商场，有点内急，就跑到"爱栋"去上厕所，看到有五个十几岁的少年，神色紧张，眼神茫然地围在一块叽叽喳喳，我好奇地探头看去，发现他们正轮流吸食强力胶，强力胶的刺鼻辛味经过搓揉，弥漫在整个公厕，再加上厕所的恶臭，使我很快掩鼻而逃。

　　经过十几年，我还常想起五位少年在黑暗恶臭的公厕吸胶的表情，感到作为一个成人的悲哀，这世界多么广大，阳光多么明媚，山林如此青翠，我们为何没有能力使年轻人乐于拥抱世界，走向阳光与山林，反倒制造了一个让他们紧张茫然的环境呢？

强力胶、速赐康、红中、白板、安非他命、大麻、吗啡、海洛因……绝不是独存于环境，而是环境有了压力与苦闷，才培养了毒品滋长的环境，因此，"向毒品宣战"不能只在抓毒、戒毒上打转，而是要在环境与生活上改变，把压力与苦闷解决掉，毒品也就不能生存了。

我想到多年前跑出公厕，看到"爱栋"的字样时的惊愕，觉得面对毒品，最有力量的应该是爱！

如果要我写一个反毒的文案，我会写：

对尚未吸毒的人，爱他们！

对已经吸毒的人，救他们！

用更多的爱，使我们的孩子不会成为毒贩的人肉叉烧包；用更多的爱，使我们的孩子不会成为毒品、赌场、三级片残害下的赤裸羔羊！

猫 头 鹰 人

在信义路上，有一个卖猫头鹰的人，平常他的摊子上总有七八只猫头鹰，最多的时候摆十几只，一笼笼叠高起来，形成一个很奇异的画面。

他的生意顶不错，从每次路过时看到笼子里的猫头鹰全部换了颜色可以知道。他的猫头鹰种类既多，大小也齐全，有的鹰很小，小到像还没有出过巢；有的很老，老到仿佛已经不能飞动。

我注意到卖鹰人是很偶然的，一年前我带孩子散步经过，孩子拼命吵闹，想要买下一只关在笼子里的小猫头鹰。那时，卖鹰的人还在卖兔子，摊子上只摆了一只猫头鹰。卖鹰者努力向我推销说："这只鹰仔是前天才捉到的，也是我第一次来卖猫头鹰。先生，给孩子买下来吧！你看他那么喜欢。"我这才注意到眼前卖鹰的中年人，看起来非常质朴，是刚从乡下到城市谋生活的样子。

我没有给孩子买鹰，那是因为我一向反对把任何动物关在笼子里，而且我对孩子说："如果都没有人买猫头鹰，卖鹰的人最后就不会到山上去捉猫头鹰了。你看，这只鹰这么小，它的爸爸妈妈一定为找不到它在着急呢！"孩子买不成猫头鹰，央求站在前面看一会儿，正看的时候，有人以五百元买了那只鹰，孩子哇一声，不舍地哭了出来。

此后我常常看见卖鹰的人，他的规模一天比一天大，到后来干脆不卖兔子，只卖猫头鹰，定价从五百五十元到一千元左右，生意好的时候，一个月卖掉几十只。我想不通他从何处捕到那么多的猫头鹰，有一次闲谈起来，才知道台湾深山里还有许多猫头鹰，他光是在坪林一带的山里一天就能捕到几只。

他说："猫头鹰很受欢迎咧！因为它不吵，又容易驯服，生意太好了，我现在连兔子也不卖，专卖鹰。一有空我就到山上去捉，大部分捉的是还在巢中的小鹰，运气好的时候，也能捉到它们的父母……"

我劝他说："你别捉鹰了，捉鹰的时间做别的也一样赚那么多钱。"

他说："那不同咧！捉鹰是免本钱稳赚不赔的。"

对这样的人，我也不能说什么了。

后来我改变散步的路线，有一年多没见过卖猫头鹰的人，前不久我又路过那一带，再度看到卖鹰者，他还在同一个街角卖鹰，猫头鹰笼子仍然一个叠着一个。

当我看见他时，大大吃了一惊，那卖鹰者的长相与一年前我见到时完全不同了。他的长相几乎变得和他卖的猫头鹰一样，耳朵上举、头发扬散、鹰钩鼻、眼睛大而瞳仁细小、嘴唇紧抿，身上还穿着灰色掺杂褐色的大毛衣，坐在那里就像是一只大的猫头鹰，只是有着人形罢了。

短短的一年多的时间,为什么使一个人的长相完全不同了呢?这巨大变化是从何而来呢?我努力思索卖鹰者改变面貌的原因。我想到,做了很久屠夫的人,脸上的每道横肉,都长得和他杀的动物一样;而鱼市场的鱼贩子,不管怎么洗澡,毛孔里都会流出鱼的腥味。我又想到,在银行柜台数钞票很久的人,脸上的表情就像一张钞票,冷漠而势利;在小机关当主管作威作福的人,日子久了,脸变得像一张公文,格式十分僵化,内容逢迎拍马;坐在电脑前面忘记人的品质的人,长相就像一架电脑;还有,跑社会新闻的撰稿者,到后来,长相就如同社会版上的照片……

一个人的职业、习气、心念、环境都会塑造他的长相和表情,这是人人都知道的,但像卖猫头鹰的人改变那么巨大而迅速,却仍然出乎我的预想。我的眼前闪过一串影像,卖猫头鹰者夜里去观察鹰的巢穴,白天去捕捉,回家做鹰的陷阱,连睡梦中都想着捕鹰的方法,心心念念在鹰的身上,到后来自己长成一只猫头鹰都已经不自觉了。

我从卖鹰者的面前走过,和他打招呼,他居然完全忘记我了,就如同白天的猫头鹰,眼睛茫然失神,他只是说:"先生,要不要买一只猫头鹰,山上刚捉来的。"

这使我在后来的散步里,想起了三千年前瑜伽行者的一部经典《圣博伽瓦谭》中所记载,巴拉达国国王的故事。

巴拉达国王盛年的时候,弃绝了他的王后、家族,和广袤的王国,到森林里去,那是他相信古印度的经典,认为人应该把中年以后的岁月用于自觉。

他在森林中过着苦行生活，仅仅食用果子和根菜植物，每日专注地冥想，经过一段时间，他的自我从身中觉醒了过来。有一天他正在冥想，忽然看到一只母鹿到河边饮水，随即又听到不远处狮子的大吼声，母鹿大吃一惊，正要逃跑的时候，一只小鹿从它的子宫堕下，跌入河中的急流里，母鹿害怕得全身颤抖，在流产之后死去了。

巴拉达眼看小鹿被冲向下游，动了恻隐之心，便从河里救起小鹿，把小鹿带在自己身边。他从此和小鹿一起睡觉、一起走路、一起洗澡、一起进食，他对待小鹿就如同对待自己的孩子，自己的心念完全系在小鹿身上。

有一天，小鹿不见了。巴拉达陷入了非常焦躁的意念里，担心着小鹿的安危就像失去了儿子一样，他完全无法冥思，因为想的都是小鹿，最后他忍不住启程去寻找小鹿。在黑暗森林里，他如痴如狂呼唤小鹿的名字，他终于不小心跌倒了，受了重伤，就在他临终的时候，小鹿突然出现在他的身边，就像爱子看着父亲一样看着他。就这样，巴拉达的心念和精神全部集中在小鹿身上，他下次醒来的时候，发现自己成为一头鹿，这已经是他的下一世了。

这是瑜伽对于意念的看法，意念不仅对容貌有着影响，巴拉达因疼爱小鹿，因而沉进了轮回的转动，那么，捕捉贩售猫头鹰的人，长相日益变成猫头鹰又有什么可怪呢？

和朋友谈起卖猫头鹰人长相变异的故事，朋友说："其实，变的不只是卖鹰的人，你对人的观照也改变了。卖鹰者的长相本来就是那样子，只是习气与生活的濡染改变了他的神色和气质罢了。我们从前没有透过内省，不能见到他的真面目，当我们的内心清明如镜，就能从他的外貌进而进入他的神色和气质了。"

难道，我也改变了吗？

在这个世界上，我们的意念都如在森林中的小鹿，迷乱地跳跃与奔跑，这纷乱的念头固然值得担忧，总还不偏离人的道路。一旦我们的意念顺着轨道往偏邪的道路如火车开去，出发的时候好像没有什么，走远了，就难以回头了。所以，向前走的时候每天反顾一下，看看自我意念的轨道是多么重要呀！

我们不只要常常擦拭自己的心灵之镜，来照见世间的真相；也要常常照照镜子，看看自己的长相与昨日的不同；更要照心灵之镜，才不会走向偏邪的道路。卖猫头鹰的人每天面对猫头鹰，就像在照镜子，我们面对自己俗恶的习气，何尝不是在照镜子呢？

想到这里，有一个人与我错身而过，我闻到栗子的芳香从他身上溢出，抬头一看，果然是天天在街角卖糖炒栗子的小贩。

黄玫瑰的心

为了这绝望的爱情,我已经过了很长时间沮丧、疲倦,像行尸走肉的日子。

昨夜从矿坑灾变中采访回来,因疼惜生命的脆弱与无助,坐在眠床上不能入睡。清晨,当第一道阳光照入,我决心为那已经奄奄一息的爱情做最后努力,我想,第一件该做的事是到我常去的花店买一束玫瑰花,要鹅黄的,因为我的女朋友最喜欢黄色的玫瑰。

剃好胡子,勉强拍拍自己的胸膛,说:"振作起来。"想到昨天在灾变现场那些沉默哀伤但坚强的面孔,就出门了。

往市场的花店前去,想到在一起五年的女朋友,竟为了一个其貌不扬,既没有情趣又没有才气的人而离开,而我又为这样的女人去买玫瑰花,既心痛,又心碎;既生气,又悲哀得想流泪。

到了花店,一桶桶美艳的,生气昂扬的花正迎着朝阳,开放。

找了半天,才找到放黄玫瑰的桶子,只剩下九朵,每一朵都垂头丧气的。"真衰,人在倒霉的时候,连想买的花都是垂头丧气的。"我在心里咒骂。

"老板！"我粗声地问，"还有没有黄玫瑰？"

老先生从屋里走出来，和气地说："没有了，只剩下你看见的那几朵啦。"

"这黄玫瑰每一朵的头都垂下来了，我怎么买？"

"喔，这个容易，你去市场里逛逛，半个小时后回来，我包给你一束新鲜的，有精神的黄玫瑰。"老板赔着笑，很有信心地说。

"好吧。"我心里虽然不信，但想到说不定他要向别的花店调，也就转进市场去逛了。心情沮丧时看见的市场简直是尸横遍野，那些被分解的动物尸体，使我更深刻感受到这是一个悲苦的世界，小贩刀俎的声音，使我的心更烦乱。

好不容易在市场里熬了半个小时，再转回花店时，老板已把一束元气淋漓的黄玫瑰用紫色丝带绑好了，放在玻璃柜上。

我不敢相信自己的眼睛，我说："这就是刚刚那一些黄玫瑰吗？"——它们垂头丧气的样子还映在我的眼前。

"是呀！就是刚刚那些黄玫瑰。"老板还是笑嘻嘻地说。

"你是怎么做到的？刚刚明明已经谢了呀！"我听到自己发出惊奇的声音。

花店老板说："这非常简单，刚刚这些玫瑰不是凋谢，只是缺水，我把整株泡在水里，才二十分钟，它们全又挺起胸膛了。"

"缺水？你不是把它插在水桶里吗？怎么可能缺水呢？"

"少年仔，玫瑰花整株都需要水呀！泡在水桶是它的根茎，就好像人吃饭一样。但人不能光吃饭，人要用脑筋，有思想、有智慧，才能活得抬头挺胸。玫瑰花的花朵也需要水，在田野里它们有雨水露水，但是剪下来后就很少人注意了，很少人再给花的头浇水，一旦它的头垂下来，整株泡在水里，很快就恢复精神了。"

我听了非常感动，怔在当场：呀！原来人要活得抬头挺胸，需要更多的智慧，常把干枯的头脑泡在冷静的智慧之水里。

当我告辞的时候，老板拍拍我的肩头说："少年仔，振作咧。"这句话差点儿使我流泪走回家，原来他早就看出我是一朵即将枯萎的黄玫瑰。

回到家，我放了一缸水，把自己整个人埋在水里，体会着一朵黄玫瑰的心，起来后通身舒泰，决定不把那束玫瑰送给离去的女朋友。

那一束黄玫瑰每天都会被我整株泡一下儿水，一星期以后才凋落花瓣，凋谢时是抬头挺胸凋谢的。

这是在十几年前，我写在笔记上的一件真实的事，从那一次以后，我就知道了一些买回来的花朵垂头丧气的秘密。最近找到这一段笔记，感触和当时一样深，更确实地体会到，人只要有细腻的心去体验万象万法，到处都有启发的智慧。

一朵花里，就能看到宇宙庄严，看到美，以及不屈服的意志。

有一位花贩告诉我，几乎是所有的白花都很香，愈是颜色艳丽的花愈是缺乏芬芳，他的结论是："人也是一样，愈朴素单纯的人，愈有内在的芳香。"

有一位花贩告诉我，夜来香其实白天也很香，但是很少人闻得到，他的结论是："因为白天人的心太浮了，闻不到夜来香的香气。如果一个人白天的心也很沉静，就会发现夜来香、桂花、七里香，连酷热的中午也是香的。"

有一位花贩告诉我，清晨买莲花一定要挑那些盛开的，结论是："早上是莲花开放最好的时间，如果一朵莲花早上不开，可能中午和晚上都不会开了。我们看人也是一样，一个人在年轻的时候没有志气，中年或晚年是很难有志气的。"

有一位花贩告诉我，愈是昂贵的花愈容易凋谢，那是为了要向买花的人说明："要珍惜青春呀！因为青春是最名贵的花！"

有一位花贩告诉我……

让我们来体会这有情世界的一切展现吧！当我们有大觉的心，甚至体贴一朵黄玫瑰，以心印心，心心相印，我们就会知道，原来在最近最平凡的一切里，就有最深最奇绝的睿智呀！

不要叫我们微笑

我很怕到照相馆照相，并不是我长得丑，而是我怕去对照相师微笑，因此证件上的相片总是几年前的，也总是绷着脸的。

照相馆的经验是我生命中很尴尬的经验之一。

我们想到要照相了，走进照相馆去，照相师傅把我们引到一个"密房子"中，叫我们坐在椅子上，扭亮几盏强光灯，射得我们脸上发烫，心中着火（有一点儿被审问的样子），等我们正襟危坐好了，他跑过来摸摸下巴、摆摆头，把我们的衣服拉直了，然后躲在黑绒布中伸出一只手来说：

"笑一笑！"

"笑一笑！"

我们如果没有动静，他会探出头来说：

"笑一笑比较可爱！"

我们怎么笑得出来，我们怎么可爱得起来？我的经验是每次闹到最后总是绷着一张脸，不欢而散。

有一次甚至争吵了起来，那个照相馆养了一只会说话的八哥，我坐定了，照相师傅说了一声："笑一笑！"八哥就学着他的声音不停地叫着:"笑一笑!笑一笑!笑一笑!"我忍不住站起来问照相师傅:"你有什么权利叫我笑一笑呢?"他理直气壮地说:"还不是为了你好看。"

"我觉得我不笑比较好看。"

"我拍了几万人,他们总是笑的。"

"我就是我,不是几万人。"

要不是陪我去的朋友把我劝开了,我们可能会大打出手,回家后还为"笑一笑"这句话愤愤不已,后来想想也就算了,大家都笑,为何我不能笑呢?是不是我哪一根神经不对劲了呢?

反省归反省,对于在照相馆微笑我是个死硬派,只好少上照相馆,少拍照为妙。最近,我自己也拍一些照片,但是我从来不敢叫人微笑,不敢在按快门时说:"笑一笑!笑一笑!"因为我知道,人在面对照相机时的强颜欢笑都是很假的,不管笑得多美妙,都不是真正从心里发出来的微笑。我也发现,真正好的摄影师不会叫人做这做那,不会叫人笑一笑,因此照相馆的师傅是很难成为摄影师的,有一天他不叫人笑了,他就有希望了。

我多么喜欢我们能有一种照相馆,走进去时不是强光灯,而是一首动人的音乐;不是正襟危坐,而是舒适的摇椅;不是"笑一笑",而是让我们放松肌肉,自由的想事情——在这种情况下,照相师傅可以在自然中捕捉到人们的神采,不只是一个僵化的笑容。

我更有一个异想天开的想法,如果有一天我当上了单位主管,要招考新进职员，一定不考虑那些履历里照片上有笑容的人，在照相馆能笑得出来的人，就是生命不太有原则的人，或者说是对自己的喜怒哀乐没有原则的人，我建议他们去当影星歌星、推销员或者拉保险。

在实际生活里，我是个爱笑的人，也是个乐天的人，可是在照相馆的椅子上我总是忧郁的，这种叫人"笑一笑"的风气延伸开来，就是对自由意愿的一种妨碍，照相师叫你笑一笑，军队里叫你立正齐步走，父母叫你考大学——让你在强光灯下正襟危坐，你变成几万人中的一个，你也就不存在了。

很久以前，大家在推展"微笑运动"，我发现店员小姐、车掌小姐的笑比不笑更难看，我想起一个故事：

一位航空公司的小姐正在机上服务。

男乘客问她："你为什么不笑一笑？"

"你以为笑很简单吗？""不难。""你笑给我看看。"男乘客笑了，空中小姐说："请你维持这样的笑容八个小时。"这是个简单的故事，我想说的是：不要叫我们微笑了，笑一笑并不简单。

孩子的毕业旅行

亲戚的孩子小学毕业,学校组织去外地毕业旅行,一星期回来后,我问他感想如何。

他说:"真无聊!"

"旅行是很好玩的事,怎么会无聊呢?"我感到大惑不解。

孩子告诉我,他们的旅行就像赶鸭子一样,每到一个风景好的地方,老师就宣布:"这里停留十五分钟,让大家拍照。"于是一群孩子兴冲冲地跑下去,上厕所的上厕所、拍照的拍照,常常连照都还没拍好,老师就催着上车了。

"为什么行程要那么赶呢?"

"因为老师说,有些家长说交了那么多钱,应该全省重要的地方都玩到,所以大部分时间都在坐车,每次下车只停十五分钟。"

但是,并不是所有的地方都只停十五分钟,每到有卖观光名产的地方,就会停一个小时,让小孩子去买东西。

孩子很气地说:"可是全省的特产店卖的东西都差不多呀!停那么久的时间不知道要干吗?"

"是谁决定在特产店停那么久呢?"我问。

"是司机、导游小姐和老师商量的结果。"

我立刻想到，这一定是和一般旅行团一样，收取回扣，否则小学六年级的学生知道买什么东西呢？亲戚的小孩就买回来一瓶五百元的药膏，说是导游小姐特别在车上推荐的，凡是受伤，不论刀伤、烫伤、蚊虫咬伤，或头痛、牙痛、晕车晕船都很有效。

我说："你不是只带一千块吗？怎么会花五百去买一罐没有牌子的药膏呢？"

"哎呀！你不知道啦！同学全都买了，我一个人不买，大家都看我，感觉就像傻瓜一样。"

这样冲锋陷阵的旅行一星期，回家的时候孩子像一头刚做完春耕的老牛一样，累得两眼发青，他郑重对家里的人宣布："以后再也不参加小学的毕业旅行了！"

乐得家人东倒西歪，这孩子可是累糊涂了，忘记小学毕业旅行只有一次。

是呀！一生只有一次的小学毕业旅行，却被大人糟蹋掉了，大人自己不懂得旅行，把这一套无知的东西也加在孩子身上，譬如说拼命赶路，表示去过很多地方；譬如说沿路采购、乱买一通；譬如说领队勾结导游，想尽方法挖顾客的钱；譬如根本不知道旅行的意义与目的。

我想，像孩子的毕业旅行，意义是要让小孩子留下美好的记忆，与六年相处的小朋友能更深刻地体会友情，一起启发观察广大世界的眼睛，并且品味一下完全放松的休闲生活。

而现在孩子的这种毕业旅行是反其道而行的，加上现代小孩都有许多与父母共同旅行的经验，当他们看到一向崇拜的老师、学校，办的旅行是如此品质低劣，心中将做何感想呢？

这使我想到我们小学时的旅行，那时不叫旅行，叫作"远足"，徒步和小朋友手牵手，翻山越岭地到一个风景优美的地方，书包里可能只装一个饭团或一条番薯，但大家都玩得兴高采烈，一直到黄昏时才依依不舍地踩着夕阳回家。

那是我对旅行留下的最初印象，轻松、温暖、悠闲、有趣，深深地烙在我的心版。长大之后，我经常去旅行，也时而去"远足"，用的就是这种方式，使我在生命的成长中获益匪浅。

近几年来，台湾人都喜爱旅行了，可是旅行的品质却依然十分低劣，就是我们常见的"赶鸭子旅行""大采购旅行""特产店与观光点旅行"。我每次在国外看到台湾人的旅行，心想这些大人已经没法救了，只好"呼伊去"！但我们不能忽视小孩子关于旅行品质的教育，否则，如果十年后我们的旅行团依然如此，那就太悲哀了。

现在还有很多各级学校尚未举行毕业旅行，已办过的，明年还有机会，何不给孩子规划一个高品质的旅行，譬如找一个有人文的地方或风景优美的地方，师生就在同一个地方共同生活七天，喝喝茶、散散步、看看原野的花、品味一下儿生活与友谊，这样，既省钱省事、安全无虑，又可以提升品质，何乐而不为呢？

如果像现在这种旅行，买一个录影带放给学生看也就好了，想拍照留念，那简单，站在录影机旁，拍一张不就好了吗？

东方不败与独孤求败

失败对于生命，

如污淤之于莲花，

风雨之于草木，

云彩之于天空，

死亡之于诞生。

最近被儿子拉去看徐克导演的《东方不败》，儿子是徐克迷，凡是徐克的电影都要去看，我去看《东方不败》则是对金庸的兴趣大过徐克。

看完《东方不败》之后，心里颇有一些迷思，想起影评人景翔说的，《东方不败》之前标明改编自金庸的小说，应该改为"改自金庸武侠小说的标题和人名"，因为这部电影从头到尾，不论情节、人物，都已经与金庸无关了。至于电影音乐为什么还是《笑傲江湖》的同一首，从开始到剧终，景翔的说法是："因为黄霑还没有想出新的曲子。"

如果把《东方不败》和金庸的小说抽开，那还是一部好看的电影，声光、摄影的品质都在一般影片之上，节奏之快速、武功之离奇也保持了徐克的一贯风格。

如果要把电影和小说一起看，金庸的小说还是比徐克的电影要有人文精神，想到十几年前，因为这部书里有"东方不败"这样的人物、"葵花宝典"这样的武功、"教主洪福齐天，万岁、万岁、万万岁"这样的讽刺，使得海峡两岸都将其禁止出版。

想到十几年前，读金庸的小说像是读鲁迅的小说，由于被禁，读起来既紧张又兴奋。我读的第一部金庸小说是《射雕英雄传》，还是香港的版本，是香港朋友想尽办法才夹带进来的。

大凡金庸的小说都有启示性，像"东方不败"就是一个很好的例子，为了练就绝世武功、一统天下，他不惜自宫，练功练到最后竟性情大变，男女难分。他的一生都从未失败过，一直到死时的最后一战才失败，而一败则死。

这使我们思考到，一个人的失败在生命中的意义，人生里不免遭逢失败，那么，我们宁可在失败中锻炼出刚健的人格，也不要由于永不失败，而造成一个高傲、残缺、暴戾的人格，一个自认为永不失败的人，到最后由于措手不及，那失败往往是极端惨痛的。——人生里是不可能永不失败的，因此"东方不败"这样的人物只是一象征，象征我们处在逆境的时候应有一种坦然的态度，金庸先生写这一人物深彻骨髓，使我确信他一定是深沉了解痛苦的，徐克的电影遗憾的是没有这样的人文性。

在金庸小说里，除了"东方不败"，还有一位"独孤求败"令人印象深刻，独孤求败因为武功太高了，从来没有失败过，使他非常痛苦，到处去与人比武，求败而不可得，一生为此而终日郁郁，失败对他来讲竟是如此珍贵，听到天下有武功高的人，甚至愿意奔行千里，去求得一败。

"一生得不到失败，竟是最大的失败"，这是金庸为独孤求败赋予的寓意，我们生命历程的失败近在眼前，往往避之唯恐不及，独孤求败的失败则远在千里，求之而不可得致。

失败对于生命，有如淤泥之于莲花，风雨之于草木，云彩之于天空，死亡之于诞生，如果没有失败的撞击，成功的火花不会闪现！没有痛苦悲哀，怎么能显现快乐与欢愉的可贵？如果没有死亡，有谁会珍惜活着的价值和意义呢？

金庸另一个小说人物老顽童周伯通，由于武功太高了，没有对手，只好每天用自己的左手打右手，感到人生单调，而游戏人间。

我想到，最好的人生是五味俱全的人生，有苦有乐、有泪有笑、有爱有恨、有生有死、有低吟有狂歌、有振臂千仞之岗也有独怆然而悌下，酸、甜、苦、辣、咸此起彼落。想一想，如果面对一桌没有调味的菜肴，又如何会有深沉的滋味呢？

永不失败的生命与永远在求取失败的生命一样，都将走入偏邪的困局，东方不败与独孤求败正是如此。

水清无鱼、山乱无神，让我们坦然于生活里的痛苦与失败，因为这正是欢喜与成功的养料，没有比这种养料对于人格的壮大、坚强、圆满更有益的了。

我们独饮生命的苦汁，那是为了唱出美丽的高音；我们在失败时沉潜，是为了培养在波涛中还能向前的勇气呀！

公平的交易

> 如果人人都有寻求公平交易的心，
> 公平交易的准则，
> 自然就建立起来了。

带孩子看电影，在戏院门口，孩子喊口渴，我们便到戏院门口的贩卖部买饮料，叫了两罐黑松汽水。付钱的时候，店员小姐说："六十块。"

我以为自己听错了，问说："一罐汽水三十元吗？"

小姐说："对呀！一罐三十元，两罐六十元。"

一般超级市场，铝罐装的汽水定价都在十二到十四元之间，因此戏院门口卖到三十元，大出我的意料之外。虽然相差十六元不是很大的数目，但从比率来讲，却是两倍有余，算是暴利行为了。这汽水的售价与戏院门口的黄牛是相互对应的，也该算是一种黄牛，我当下就拒买了。

孩子眼尖，说："爸，这里有两个自动贩卖机。"

走过去一看，发现贩卖机里的汽水一杯二十五元。在别的地方的自动贩卖机，一杯汽水只要十元；那戏院门口的贩卖机原先也标着十元，但十元之上被贴了一张二十五元的单子，内部程式被更改过了。

戏院正好在一家百货公司楼上，我立即带孩子坐电梯到地下室的超级市场买汽水，一罐十四元，三十元买两罐还有找。我对孩子说，对待不合理的销售，最好的态度就是拒绝消费，如果大家都能拒买三十元一罐的汽水，价钱就会自然下降，那就像大家都不买黄牛票，戏院门口就不会有黄牛了。

我不能理解的是，为什么在戏院、车站、机场、游乐场所的东西都要卖得比外面贵很多，甚至贵到不合理的地步。饮料如此，其他东西也是如此！像松山机场卖的小笼包子，五粒要价一百元，外面只要二十元；像机场车站排班的计程车几乎都是不能坐的，不但会任意叫价，有时还会惹一肚子气。

我不愿在这些地方消费，实在是不愿意助长这种胡乱抬价的歪风，如果民生消费品可以任意定价，那这个社会还有什么公平呢？

最近台北市政府研考会做了一项调查，发现同一商品摆在不同的销售场所，就有不同的价格，是商品价格混乱，物价水准居高不下的主因。根据这项调查，台北市各类商品因为贩售场所不同，零售价格高于批发价百分之六至三十五不等，一般而言，超级市场的售价较低，便利商店次之，传统零售店售价最高。

如果以戏院和车站为例，售价不只高到百分之三十五，有的高到百分之百，可以说已经贵到没有良心了。

不久前公布实施的所谓的"公平交易"对于这种现象也无能为力，消费者处在这样的劣势，唯一可以有所作为的，就是不买不公平交易的东西，否则做生意的人势必为了牟取暴利，使所有的东西都日趋昂贵。

对于所谓的"公平交易法"，一般的消费者虽然期望甚殷，但是徒法不足以自行，最重要的还是要有消费的自觉，在未消费之前，就能知所选择、判断、自主，不做"沉默的羔羊"，假使处处都要依赖仲裁，即使打胜了官司，心情也不会太好过。

至于一般的商人，"公平交易"是一种态度，也就是应该有公平交易的心，不应该为了不当的利益，泯灭自己的良心。以戏院贩卖部的汽水为例，一罐二十元已经有很大的利润，卖到三十元就泯灭良心了。

我非常喜欢农业社会时，商店门口的招牌上写的对联："货真价实，童叟无欺"，这真是一个好的传统，也是公平交易的标杆，哪像现在，很多商店的门口几乎都可以改成"货假价虚，童叟皆欺"了。

在我住家后面有一家杂货店，如果是老人小孩去买东西，就不开发票，卖的东西也比在五百公尺外超级市场贵得多。因此，我把它列为拒绝往来户，即使是买一包盐，也宁可多走五百公尺去买，原因无他，只是希望得到较公平的对待。我相信，如果这个社会人人都有寻求公平交易的心，公平交易的准则自然就建立起来了。

天下第一针

如果老人生在现代，

不知道会是什么样子，

很可惜，

这样好手艺的人早生了几十年！

家前面的巷子里，一直有一个老人摆修皮鞋的摊子，摊子非常小，靠在一家医院的骑楼下，那摊子没有招牌、没有声音，也不起眼儿，如果不注意就会看不见。

摊主人是一个沉默严肃的人，一向都是面无表情，仿佛老僧入定一样，人来人往，他很少抬眼看一下儿，甚至眼皮也不眨，有一点儿睥睨人世的味道。他长得很黑，五官线条一看就知道是北方人，现在台北城内北方的老人并不稀罕，所以也很少人注意他。

我几乎每天都会路过那个摊子，却很少感受到他的存在。有一天皮鞋底脱落了，就立刻浮起老人和摊子的影像，也终于知道他为什么经过好几年还没有收摊，因为皮鞋破了就感受到他的存在了。

"老伯。"我蹲下来叫他。

"啥?"他眼也不抬地说。

"我这皮鞋破了,请您补一补。"

他把皮鞋接过去,还是不看人,皮鞋在他手里翻来覆去,然后他说:"靠不住!靠不住!"

"什么靠不住?"我问。

"现在人做的东西靠不住呀!你看这皮鞋的底就设计成不能修补的样子,破了就丢,要你去买新的嘛!"

"什么不能修补的样子?"皮鞋摊子说皮鞋不能修补,倒是稀奇。

"这是用火烧的,不是用线,也不是用黏的,怎么补?"老人这下耐心地指给我看皮鞋底部胶合的痕迹,原来是一体成型的。

"拜托,您给试试看好了。这是在法国买的皮鞋,挺贵的,外表还像新的,只是鞋底脱落,以您的手艺当然是难不倒的。"

"当然难不倒我,难得倒还叫天下第一针吗?"老人这下笑了,拿起鞋就要缝了,然后若有所感地说:"谈到皮鞋,法国皮鞋也靠不住,日本皮鞋靠不住,中国台湾皮鞋靠不住,只有美国皮鞋有一点儿靠得住,意大利皮鞋最靠得住了。"很久以后我才知道他的口头禅是"靠不住"。

大约五分钟,他把皮鞋修好了,说:"十五块!"我以为听错了,又问一次:"多少?"他把双手伸出来十指叉开向外一比,右手往内翻了一下儿。

"真是太便宜了。"我忍不住说。

"不便宜，算针的，一针五元，缝了三针共十五元。"

果然是天下第一针，原来是一针一针算的。

那一次以后，我和老人逐渐相熟了，见面点个头，寒暄两句，慢慢知道老人在这里摆摊已经有十几年的历史，他的街坊主顾很是不少，生意无虑，有一些老太太来补皮鞋会亲切地叫他一声："老仔！"好像叫老伴一样。

老人的皮鞋摊子不只补皮鞋，他也帮人补皮包、皮沙发，甚至修雨伞，他是那种天生好手艺的人，看来大约七十岁，但双手稳健，修补的皮鞋一针一针，一针都不马虎。他的鞋摊子是自己做的，功能设计非常好，精致得像古董一样，有拖把和轮子，收摊的时候很方便。他自己做了三张折叠的小椅子，两张帆布，很轻便舒适。

老人一直保持他的本色，生活简朴，不被外在环境所动摇，有一次台风天路过看他还出来摆摊，心里颇有不忍之意，但看他像雕像一样坐着，安静、悠然、不忮不求，又欣慰地想：在我们的时代没想到还有这样的人呀！

想到老人常说的话："这个时代靠不住"，就会想到：如果老人晚生一些，不知道会是什么样子，很可惜，这样好手艺的人早生了几十年呀！

在路过老人的鞋摊时，我总是想，哪一天找个时间坐下来，好好和他聊聊。

几天前，我再路过老人的鞋摊，发现他已经不在了，是去了哪里呢？回乡探亲？或者是……我跑到医院里去问，没有人知道他的下落，柜台小姐说："有很多天没有来了。"

我终于没有再看过老人。

但每次路过，都会不自觉地想起他那风沙的脸，以及他的好手艺。

在动荡的时代，人的命运像一阵风吹过，人的一生如同一粒沙被吹近了，又吹远了，即使是天下第一针也不例外。

在时代里，许多人默默地被掩埋，没有人知道他们的来处，也没有人知道他们去向何方，甚至没有留下一点儿声音。

像是，一根针落入大海，无声，也无踪了。

我时常在走过鞋摊时，深深后悔，如果再有一次机会遇到那些有缘的人，我一定要坐下来，好好地和他们认识。

路上捡到一粒贝壳

午后,在仁爱路上散步。

突然看见一户人家院子种了一棵高大的面包树,那巨大的叶子有如扇子,一扇扇地垂着,迎着冷风依然翠绿,一如在它热带祖先的雨林中。

我站在围墙外面,对这棵面包树十分感兴趣,那家人的宅院已然老旧,不过在这一带有着一个平房,必然是亿万的富豪了。令我好奇的是这家人似乎非常热爱园艺,院子里有着许多高大的树木,园子门则是两株九重葛往两旁生长而在门顶握手,使那扇厚重的绿门仿佛带着红与紫两色的帽子。

绿色的门在这一带是十分醒目的。我顾不上礼貌的问题,往门隙中望去,发现除了树木,主人还经营了花圃,各色的花正在盛开,带着颜色在里面吵闹。等我回过神来,退了几步,发现寒风还吹拂着双颊,才想起,刚刚往门内那一探,误以为真是春天了。

脚下有一些裂帛声,原来是踩在一张面包树的扇面了,叶子大如脸盆,却已裂成四片,我遂兴起了收藏一张面包树叶的想法,找到比较完整的一片拾起，意外，可以说非常意外地发现了，树叶下面有一粒粉红色的贝壳。把树叶与贝壳拾起，就离开了那个家门口。

但是，我已经不能专心地散步了。

冬天的散步，于我原有运动身心的功能，本来在身心上都应该做到无念和无求才好，可惜往往不能如愿。选择固定的路线散步，当然比较易于无念，只是每天遇到的行人不同，不免使我常思索起他们的职业或背景来，幸而城市中都是擦身而过的人，念起念息有如缘起缘灭，走过也就不会挂心了；一旦改变了散步的路线，初开始就会忙碌得不得了，因为新鲜的景物很多，念头也蓬勃，仿佛汽水开瓶一样，气泡兴兴灭灭地冒出来，念头太多纷至沓来，回家来会使我头痛，好像有某种负担；还有一种情况，是很久没有走的路，又去走一次，发现完全不同了，这不同有几个原因，一个是自己的心境改变了，一个是景观改变了，还有一个重要原因，是季节更迭了，使我知道，这个世界是无常的因缘所集合而成，一切可见、可闻、可触、可尝的事物竟没有永久（或只是较长时间）的实体，一座楼房的拆除与重建只是比浮云飘过的时间长一点儿，终究也是幻化。

我今天的散步，就是第二种，是旧路新走。

这使我在尚未捡面包树叶与贝壳之前，就发现了不少异状。例如我记得去年的这个时间，安全岛的菩提树叶已经开始换装，嫩红色的小叶芽正在抽长，新鲜、清明、美而动人。今年的春天似乎迟了一些，菩提树的叶子，感觉竟是一叶未落，老得有一点儿乌黑，使菩提树看起来承受了许多岁月的压力，发现菩提树一直等待春天，使我也有些着急起来。

木棉花也是一样，应该开始落叶了，却尚未落。我知道，像雨降、风吹、叶落、花开、雷鸣、惊蛰都是依时序的缘升起，而今年的春天之缘，为什么比往年来得晚呢？

还看到几处正在赶工的大楼，长得比树快多了，不久前开挖的地基，已经盖到十楼了。从前我们形容春雨来时农田的笋子是"雨后春笋"，都市的楼房生长也是雨后春笋一样的。这些大楼的兴建，使这一带的面目完全改观，新开在附近的商店和一家超级啤酒屋，使宁静与绿意备受压力。

记忆最深刻的是路过一家新开业的古董店，明亮橱窗最醒目的地方摆了一个巨大的白水晶原矿石，店家把水晶雕成一只台湾山猪正被七只狼（或者狗）攻击的样子，为了突出山猪的痛苦，山猪的蹄子与头部是镶了白银的，咧嘴哀号，状极惊慌。标价自然十分昂贵，我一辈子一定不能储蓄到与那标价相等的金钱。对于把这么美丽而昂贵的巨大水晶（约有桌面那么大），却做了如此血腥而鄙俗的处理，竟使我生出了一丝丝恨意和巨大怜悯，恨意是由雕刻中的残忍意识而生，怜悯是对于可能把这座水晶买回的富有的人。其实，我们所拥有和喜爱的事物无不是我们心的呈现而已。

如果我有一块如此巨大的水晶，我愿把它雕成一座春天的花园，让它有透明的香气；或者雕成一尊最美丽的观世音菩萨，带着慈悲的微笑，散放清明的光芒；或者雕几个水晶球，让人观想自性的光明；或者什么都不雕，只维持矿石的本来面目。

想了半天才叫了起来，忘记自己一辈子不可能拥有这样的水晶，但这时我知道不能拥有比可以拥有或已经拥有使我更快乐。有许多事物，"没有"其实比"持有"更令人快乐，因为许多的有，是烦恼的根本，而且不断地追求有，会使我们永远徘徊在迷惑与堕落的道路。幸而我不是太富有，还能知道在人世中觉悟，不致被福报与放纵所蒙蔽；幸而我也不是太忙碌或太贫苦，还能在午后散步，兴趣盎然地看着世界。从污秽的心中呈现出污秽的世界，从清净的心中呈现出清净的世界，人的境况或有不同，若能保有清净的观照，不论贫富，事实上都不能转动他。

看看一个人的念头多么可怕，简直争执得要命，光是看到一块残忍的水晶雕刻，就使我跳出一大堆念头，甚至走了数百公尺完全忽视眼前的一切。直到心里一个声音对我说了一句话才使我从一大堆纷扰的念头醒来："那只是一块水晶，山猪或狼只是心的觉受，就好像情人眼中的兰花是高洁的爱情，养兰花者的眼中兰花总有个价钱，而武侠小说里，兰花常常成为杀手冷酷的标志。其实，兰花，只是兰花。"

从念头惊醒，第一眼就看到面包树，接下来的情景如上所述。拿着树叶与贝壳的我也茫然了。

尤其是那一粒贝壳。

这粒粉红色的贝壳虽然新而完好，但不是百货公司出售的那种经过清洗磨光的贝壳，由于我曾在海边住过，可以肯定贝壳是从海岸上捡来不久，还带着海水的气息。奇特的是，海边来的贝壳是如何掉落到仁爱路的红砖道上的呢？或者是无心的遗落，例如跑步时从口袋掉出来？或者是有心的遗落，例如是情人馈赠而爱情已散？或者是……有太多的或者是，没有一个是肯定的答案。唯一肯定的是，贝壳，终究已离开了它的海边。

人生活在某时某地，真如贝壳偶然落在红砖道上，我们不知道从哪里、为何、干什么的来到这个世界，然后不能明确说出原因就迁徙到这个城市，或者说是飘零到这陌生之都。

"我为什么来到这世界？"这句话使我在无数的春天中辗转难眠，答案是渺不可知的，只能说是因缘的和合，而因缘深不可测。

贝壳自海岸来，也是如此。

一粒贝壳，也使我想起在海岸居住的一整个春天，那时我还多么年少，有浓密的黑发，怀抱着爱情的秘密，天天坐在海边沉思。到现在，我的头发和爱情都有如退潮的海岸，露出它平滑而不会波动的面目。少年的我在哪里呢？那个春天我没有拾回一粒贝壳、没有摄过一张照片，如今竟已完全遗失了一样。偶尔再去那个海岸，一样是春天，却感觉自己只是海面上的一个浮沤，一破，就散失了。

世间的变迁与无常是不变的真理，随着因缘的改变而变迁，不会单独存在、不会永远存在，我们的生活有很多时候只是无明的心所映现的影子。因为，我们可以这样说，少年的我是我，因为我是从那里孕育；少年的我也不是我，因为他已在时空中消失。正如贝壳与海的关系，我们从一粒贝壳可以想到一片海，甚至与海有关的记忆，竟然这粒贝壳是在红砖道上拾到，与海相隔那么遥远！

　　想到这些，差不多已走到仁爱路的尽头了，我感觉到自己有时像个狂人，时常和自己对话不停，分不清是在说些什么。我忆起父亲生前有一次和我走在台北街头，突然说："台北人好像猎仔，一天到暗在街仔赖赖趋。"翻成普通话语是："台北人好像神经病，一天到处在街头乱走。"我有时觉得自己是猎仔之一，幸而我只是念头太多，并没有像逛街者听见换季打折一般，因欲望而狂乱奔走；而且我走路也维持了乡下人稳重谦卑的姿势，不像台北那些冲锋陷阵或龙行虎步的人，显得轻躁带着狂性。

　　尤其我不喜欢台北的冬天，不断的阴雨，包裹着厚衣的人在拥挤的街道，有如撞球台的圆球撞来撞去。春天来就会好些，会多一些颜色、多一点生机，还有一些悠闲的暖气。

　　回到家把树叶插在花瓶，贝壳放在案前，突然看到桌上的皇历，今天竟是立春了：

　　"立春：斗指东北为立春，时春气始至，四时之卒始，故名立春也。"

　　我知道，接下来会有雨水、惊蛰、春分、清明、谷雨，台北的菩提树叶会换新，而木棉与杜鹃会如去年盛开。

清 雅 食 谱

有时候生活清淡到自己都吃惊起来了。

尤其对食物的欲望差不多完全超脱出来，面对别人都认为是很好的食物，一点儿也不感到动心。反而在大街小巷里自己发现一些毫不起眼的东西，有惊艳的感觉，并慢慢品味出一种哲学，正如我常说的，好东西不一定贵，平淡的东西也自有滋味。

在台北四维路一条阴暗的巷子里，有好几家山东老乡开的馒头铺子，说是铺子是由于它实在够小，往往老板就是掌柜，也是蒸馒头的人。这些馒头铺子，早午各开笼一次，开笼的时候水汽弥漫，一些嗜吃馒头的老乡早就排队等在外面了。

热腾腾、有劲道的山东大馒头，一个才五块钱，那刚从笼屉被老板的大手抓出来的馒头，有一种传统乡野的香气，非常的美味，也非常之结实，寻常一般人一餐也吃不了这样一个馒头。我是把馒头当点心吃的，那纯朴的麦香令人回味，有时走很远的路，只是去买一个馒头。

这巷子里的馒头大概是台北最好的馒头了，只可惜被人遗忘。有的馒头店兼卖素油饼，大大的一张，可蒸、可煎、可烤，和稀饭吃时，真是人间美味。

说到油饼，在顶好市场后面，有一家卖饺子的北平馆，出名的是"手抓饼"，那饼烤出来时用篮子盛着，饼是整个挑松的，又绵又香，用手一把一把抓着吃。我偶尔路过，就买两张饼回家，边喝水仙茶，边抓着饼吃。如果遇到下雨的日子，就更觉得那抓饼有难言的滋味，仿佛是雨中生出的青翠嫩芽一样。

说到水仙茶，是在信义路的路摊寻到的，对于喝惯了茉莉香片的人，水仙茶更是往上拔高，如同坐在山顶上听瀑，水仙入茶而不失其味，犹保有洁白清香的气质，没喝过的人真是难以想象。

水仙茶是好，有一个朋友做的冻顶豆腐更好。他以上好的冻顶乌龙茶清焖硬豆腐，到豆腐成金黄色时捞起来，切成一方一方，用白瓷盘装着，吃时配着咸酥花生，品尝这样的豆腐，坐在大楼里就像坐在野草地上，有清冽之香。

有时食物也能像绘画中的扇面，或文章里的小品，音乐里的小提琴独奏，格局虽小，慧心却十分充盈。冻顶豆腐是如此，在南门市场有一家南北货行卖的"桂花酱"也是如此，那桂花酱用一只拇指大的小瓶装着，真是小得不可思议，但一打开桂花香猛然自瓶中醒来，细细的桂花瓣还像活着，只是在宝瓶里睡着了。

桂花酱可以加在任何饮料或茶水，加的时候以竹签挑出一滴，一杯水就全被香味所濡染，像秋天庭院中桂花盛放时，空气都流满花香。我只知道桂花酱中有蜜、有梅子、有桂花，却不知如何做成，问到老板，他笑而不答。"莫非是祖传的秘方吗？"心里起了这样的念头，却也不想细问了。

桂花酱如果是工笔,"决明子"就是写意了。在仁爱路上有时会遇到一位老先生卖决明子,挑两个大篮用白布覆着,前一篮写"决明子",后一篮写"中国咖啡"。卖的时候用一只长长的木勺,颇有古意。

听说决明子是山上的草本灌木,子熟了以后热炒,冲泡有明目滋肾的功效,不过我买决明子只是喜欢老先生买卖的方式。并且使我想起幼年时代在山上采决明子的情景,在台湾乡下,决明子唤做"米仔茶",夏夜喝的时候总是配着满天的萤火入喉。

对于能想出一些奇特的方法做出清雅食物的人,我总感到佩服。在师大路巷子里有一家卖酸酪的店,老板告诉我,他从前实验做酸酪时,为了使乳酪发酵,把乳酪放在锅中,用棉被裹着,夜里还抱着睡觉,后来他才找出做酸酪最好的温度与时间。他现在当然不用棉被了,不过他做的酸酪又白又细真像棉花一般,入口成泉,若不是早年抱棉被,恐怕没有这种火候。

那优美的酸酪要配什么呢?八德路一家医院餐厅里卖的全黑麦面包,或是绝配。那黑麦面包不像别的面包是干透的,里面含着一些有浓香的水分。有一次问了厨子,才知道是以黑麦和麦芽做成,麦芽是有水分的,才使那里的黑麦面包一枝独秀,想出加麦芽的厨子,胸中自有一株麦芽。

食物原是如此,人总是选着自己的喜好,这喜好往往与自己的性格和本质十分接近,所以从一个人的食物可以看出他的人格。

但也不尽然,在通化街巷里有一个小摊,摆两个大缸,右边一缸卖"蜜茶",左边一缸卖"苦茶",蜜茶是甜到了顶,苦茶是苦到了底，有人爱甜，却又有人爱那样的苦。

"还有一种人，他先喝一杯苦茶，再喝一杯蜜茶，两种都要尝尝。"老板说，不过他又笑着道："可就没看过先喝蜜茶再喝苦茶的人，可见世人都爱先苦后甘，不喜欢先甘后苦吧！"

后来，我成了第一个先喝蜜茶，再喝苦茶的人，老板着急地问我感想如何？

"喝苦茶时，特别能回味蜜茶的滋味。"我说，我们两人都大笑起来。

旁边围观的人都为我欢欣地鼓掌。

喝咖啡的酪梨

住在乡下的时候，我早餐总会喝一杯咖啡，吃一个酪梨。

喝咖啡是我多年养成的习惯，在未喝咖啡之前，我是不开口说话的，等我的肠胃受到咖啡的滋润，我才会开口说第一句话。

乡下没有好咖啡，我从台北买了顶纯的蓝山咖啡，虽然价钱贵了一些，因为用量不算太大，总是忍痛购买，套一句广告词：给我蓝山，其余免谈！

为了使咖啡不失味，我还带回来一部高压萃取的咖啡机，和不会因高温转动而失去原味的磨豆机。

吃酪梨则正好和咖啡相反，我本来不吃酪梨，但是在乡下写作，发现酪梨又营养又便宜，就把它升格，从水果成为主食。

乡下的酪梨是鲜采的，比台北的好吃，我总会请市场的欧巴桑帮我挑选，依照成熟度，一次挑七八颗，每天成熟一颗，果皮由深绿转为咖啡色，就可以吃了。

欧巴桑从不失误，所以，每天清晨会有一颗刚刚熟透的酪梨等着我。

选择酪梨当早餐，也是因为简单方便，剖成两半，用汤匙挖着吃。

喝咖啡之前，我不说话；吃酪梨时，就和家人说说家常。

吃完的酪梨，会剩下一个巨大的酪梨子，有的大如拳头，我把它们一一地摆在窗边的白瓷盘上，放一点水。

隔几天，酪梨子开始抽芽，叶片翠绿、形态优美、一暝大一寸，很快地抽到一两尺高。我看它们依序抽芽，摆在窗边就像一排绿色的梯子，真是好看极了。

不幸的是，抽到两尺左右，酪梨子的养分用尽，树苗就枯干了。

剩下最矮小的那一棵，奄奄一息，我把煮过的咖啡渣倒在种子上。

过了几天，神奇的事发生了，绿色的树叶竟然活转了，不但活转，还从叶脉上逐渐转成咖啡的颜色，叶片逐渐加深，变成咖啡色，连茎、枝、丫都成为咖啡色。

我每天把喝剩的咖啡倒在盘中，满满的一盘咖啡渣。这使我感到欣慰，喝咖啡救活了酪梨树，可见咖啡是好东西，我还可以突破一般的观念，每天多喝两杯。

早晨，我还是吃酪梨，酪梨子就随手种在围墙外三哥的农田里，果然，种子需要土地，那些酪梨都长得刚健翠绿，一个暑假就与围墙等高。

暑假结束了，我要返回台北，就把咖啡色的酪梨移植到长了许多酪梨树的三哥的田地，万绿丛中一树褐，看到的人都感到奇特、不可思议。

有人说:"它会慢慢变绿的!"

有人说:"这整棵褐色的树真奇怪,不知道果子是不是也是褐色的!"

人人称奇的酪梨树并不转绿,全株都是咖啡色,有人问我原因,我也说不出道理,我说:"我喝了几千杯咖啡,身体也没有变色,不知道为什么,它只喝了几杯咖啡渣,身体却变成咖啡色了!"

这是六年前的事了,最近弟弟打电话给我,说酪梨树结果了,果然,果子也是咖啡色的。

"那要如何分辨是青的,还是熟的呢?"

"浅咖啡是青的,深咖啡是熟的!"弟弟说。

"有咖啡的味道吗?"

"那倒是吃不出来。"

这个世界多么神奇,酪梨在婴孩时代,以咖啡渣作养料,竟成为它生命色彩的重要元素,渲染了它的全身,从此,资质确定,不再更改,更令人觉得可亲可敬。

但是,这种神奇也是生命中的偶然,我后来用咖啡渣养过许多酪梨,就没有一棵是咖啡色的。每年回到乡下,我都会去抱抱那棵酪梨树,像是拥抱自己的孩子,现在,这孩子已经长到两层楼高了。

每有人问起,为什么这酪梨树是咖啡色?

我总说:"它从小喝咖啡长大。"

我不迷惑,只是惊奇;我不探寻,只是赞美;我不质疑,只是欢喜……

  这神奇的人间，我希望每天都能与美好的事相遇，每天喝蓝山咖啡的一刻，我总如是期许。

木 鱼 馄 饨

深夜到临沂街去访友，偶然在巷子里遇见多年前旧识的卖馄饨的老人，他开朗依旧，风趣依旧，虽然抵不过岁月风霜而有一点儿佝偻了。

四年多以前，我客居在临沂街，夜里时常工作到很晚，每天凌晨一点半左右，一阵清越的木鱼声，总是响进我临街的窗口。那木鱼的声音非常准时，天天都在凌晨的时间敲响，即使在风雨来时也不间断。

刚开始的时候，木鱼声带给我一种神秘的感觉，往往令我停止工作，出神地望着窗外的长空，心里不断地想着：这深夜的木鱼声，到底是谁敲起的？它又象征了什么意义？难道有人每天凌晨一时在我住处附近念经吗？

在我国民间，过去曾有敲木鱼为人报晓的僧侣，每日黎明将晓，他们就穿着袈裟草鞋，在街巷里穿梭，手里端着木鱼滴滴笃笃地敲出低沉但雄长的声音，一来叫人省睡，珍惜光阴；二来叫人在心神最为清明的五更起来读经念佛，以求精神的净化；三来僧侣借木鱼报晓来布施化缘，得些斋衬钱。我一直觉得这种敲木鱼报佛音的事情，是中国佛教与民间生活相契的一种极好的佐证。

但是，我对于这种失传于闾巷很久的传统，却出现在台北的临沂街感到迷惑。因而每当夜里在小楼上听到木鱼敲响，我都按捺不住去一探究竟的冲动。

冬季里有一天，天空中落着无力的飘闪的小雨，我正读着一册印刷极为精美的《金刚经》，读到最后"一切有为法，如梦幻泡影，如露亦如电，应作如是观"一段，木鱼声恰好从远处的巷口传来，格外使人觉得昊天无极，我披衣坐起，撑着一把伞，决心去找木鱼声音的来处。

那木鱼敲得十分沉重着力，从满天的雨丝里传扬开来，它敲敲停停，忽远忽近，完全不像是寺庙里读经时急落的木鱼。我追踪着声音的轨迹，匆匆地穿过巷子，远远的，看到一个披着宽大布衣，戴着毡帽的小老头，他推着一辆老旧的摊车，正摇摇摆摆地从巷子那一头走来。摊车上挂着一盏四十瓦的灯泡，随着道路的颠簸，在微雨的暗道里飘摇。一直迷惑我的木鱼声，就是那位老头所敲出来的。

一走近，才知道那只不过是一个寻常卖馄饨的摊子，我问老人为什么选择了木鱼的敲奏，他的回答竟是十分简单，他说："喜欢吃我的馄饨的老顾客，一听到我的木鱼声，他们就会跑出来买馄饨了。"我不禁哑然，原来木鱼在他，就像乡下卖豆花的人摇动的铃铛，或者是卖冰水的小贩手中吸引小孩的喇叭，只是一种再也简单不过的信号。

是我自己把木鱼联想得太远了，其实它有时候仅仅是一种劳苦生活的工具。

老人也看出了我的失望，他说："先生，你吃一碗我的馄饨吧，完全是用精肉做成的，不加一点儿葱菜，连大饭店的厨师都爱吃我的馄饨呢。"我于是丢弃了自己对木鱼的魔障，撑着伞，站立在一座红门前，就着老人摊子上的小灯，吃了一碗馄饨。在风雨中，我品出了老人的馄饨，确是人间的美味，不下于他手中敲的木鱼。

后来，我也慢慢成为老人忠实的顾客，每天工作到凌晨的段落，远远听到他的木鱼，就在巷口里候他，吃完一碗馄饨，才开始继续我一天未完的工作。

和老人熟了以后，才知道他选择木鱼作为馄饨的讯号有他独特的匠心。他说因为他的生意在深夜，实在想不出一种可以让远近都听闻而不至于吵醒熟睡人们的工具，而且深夜里像卖粽子的人大声叫嚷，是他觉得有失尊严而有所不为的，最后他选择了木鱼——让清醒者可以听到他的叫唤，却不至于中断了熟睡者的美梦。

木鱼总是木鱼，不管用什么角度来看它，它仍旧有它的可爱处，即使用在一个馄饨摊子上。

我吃老人的馄饨吃了一年多，直到后来迁居，才失去联系，但每当在静夜里工作，我仍时常怀念着他和他的馄饨。

老人是我们社会角落里一个平凡的人，他在临沂街一带卖了三十年馄饨，已经成为那一带夜生活里人尽皆知的人，他固然对自己亲手烹调后小心翼翼装在铁盒的馄饨很有信心，他用木鱼声传递的馄饨也成为那一带的金字招牌。木鱼在他、在吃馄饨的人来说，都是生活里的一部分。

那一天遇到老人，他还是一袭布衣，还是敲着那个敲了三十年的木鱼，可是老人已经完全忘记我了，我想，岁月在他只是云淡风轻的一串声音吧。我站在巷口，看他缓缓推走小小的摊车消失在巷子的转角，一直到很远了，我还可以听见木鱼声从黑夜的空中穿过，温暖着迟睡者的心灵。

木鱼在馄饨摊子里真是美，充满了生活的美，我离开的时候这样想着，有时读不读经都是无关紧要的事。

最好的范本

到一个小镇去演讲,主办演讲的人正好是补习班的老板,力邀我顺道去他的"儿童作文班"演讲,盛情难却,加上我一向喜欢与人为善,就答应了。

在路上,老板问我:"林先生小时候上过作文班吗?"

我说:"没有,在我小的时候根本没有作文班,没有人为了作文去补习的。"

他说:"那么,你觉得作文班要怎么教才好?"

"我不知道,我真的不知道要怎么教人写作文呢!"

老板一脸疑惑,车子到了补习班门口,才发现补习班比我想象得大,不仅有作文班,还有绘画班、音乐班、英语班、数学班,从这里也可以发现,即使在小城镇,父母也十分关心孩子的才艺,希望孩子的才华十项全能。

到了作文班,我大略看了孩子的作文,发现小孩子写的都是议论文,这使我感到惊讶,因为孩子的人生观点才刚刚起步,对人生会有什么好的议论呢?作文班的老师告诉我,那是为了训练孩子写论文的习惯,以便他们到中学时,作文的考试得到高分。

我给小朋友的建议只有三个，一是从自己身边熟悉的人事来写作文。二是尽量地抒情，少发议论，一个人如果能充沛地表达感情，要发议论就很简单了。三是不要为了考试才学作文，不要老师说什么就写什么，因为作文是一件很快乐、很有趣、很有创造性的事。

离开作文班之后，我想起在小时候，自己为什么想写文章，那是源自于对故乡、对人情的感动。当我在读小学的时候，看到故乡旗山学校那年代久远、高大无比的椰子树，想到我的父亲、哥哥、姊姊都和我读过这个学校，内心就充满感动。在我每次爬上古山顶上，总会动情于那些姿势强健优美的大树，然后俯视我的故乡，与坚挺的旗尾山遥相对望，就会想起"旗鼓相当"的成语，想到百年前，这里曾被誉为"全台八景"，只是很少人知道了。

有时候，我会听老年的人谈起我的祖父林旺，他是第一个在旗山开"牛车货运行"的人，日本侵略时期怎样经营米店、买菜的轶事，听说他的性格刚烈，只要家里养的牛打架输了，他会用木炭把牛角烤软、削尖，去讨回公道。

我亲眼看到我的乡亲透早①就出门，天尾渐渐光，艰苦无人问的农作生活，感受到"赤脚的，逐鹿；穿鞋的，吃肉"那种对生命的不平，心想一定要有人写出他们的心声。

我的父母亲教养一大群孩子，时而严厉、时而温柔，做牛做

---

① 指一大清早。——编者注

马让我们长大、受教育，并培养对人生的远见，不在困苦挫折中畏缩，现在想来还会动容眼湿。

再看到故乡农业由盛而衰，"香蕉王国"的盛况失去已久，大部分土地荒芜、废耕，故乡子弟的素质不能提升，反映了整个台湾农业与教育的失落。从前在蕉园中嬉戏的情景，怅然难忘！

就在我们生活的故乡，在我们深爱着的亲人朋友间，就存着最动人的素材，只要能把这些感情表达，便是最好的作文了。

追着台糖的小火车向前奔跑，看能不能捡到掉落的白甘蔗。

在收采过的番薯田里，找没有挖走的番薯在田间烘番薯。

在清澈的楠梓仙溪摸蛤兼洗裤，在包仔湖游泳、捡石头、漂水花、晒太阳。

沿着稻香与油菜花香的小路，散步到美浓，感知生命之美，弄得震荡内心。

看妈妈如何把一个鸡蛋切成八片，如何把一粒苹果切成十二片，如何做凤梨竹笋豆瓣酱，如何做番茄煎饼，把技能发展到极限，其中有无量的爱并维持公平。

看到父亲和故乡父老端立看着因生产过剩被倾倒的香蕉而老泪纵横……

如果我们要写好作文，故乡与爱就是最好的范本，在风与白云之间，有一群人在无限的时空中相遇，共同生活与呼吸，这就是最值得珍惜的因缘了！

不论我们是要写好考试的作文，或抒情的作文，甚至为生命写一篇文采斐然的文章，就从故乡和亲人开始吧！

不封冻的井

和一位朋友到一家店里叫了饮料,朋友喝了一口忍不住吃惊地赞叹起来:"这是什么东西,这么好喝?"

"这是木瓜牛奶呀!"我比他更吃惊。

"木瓜牛奶是什么做的?"

"木瓜牛奶就是木瓜加牛奶,用果汁机打在一起做成的。"

"是呀!这是我第一次喝到木瓜牛奶。"朋友理直气壮地说。

真是不可思议的事!对我来说,一个人在台湾生活了三十年而没有喝过木瓜牛奶,就仿佛不是台湾人一样;对我的朋友是自然的,因为他是世家子弟,家教非常严格,从小的自由非常有限,甚至不准在外面用餐的。当然,他们家三餐都有佣人打理,出门有司机,叠被铺床都没有自己动过手,更别说洗衣拿扫把了。

到三十岁才有一点点自由,这自由也只是喝一杯路边的木瓜牛奶汁而已。

对生长在南台湾贫困乡村的我,朋友像是来自外太空的人,我们过去的生活几乎没有重叠的部分。在乡下,我们生活的每一分钱都是流汗流血奋斗的结果,小孩还没有到上学的年龄就要下田帮忙农事，大到推动一辆三轮板车，小至缝一枚掉了的扣子，都是六七岁时就要亲手去做。而小街边的食物便是我们快乐的泉源，像木瓜牛奶这么高级的东西不用说，能喝到杨桃水、绿豆汤已经谢天谢地，纵使是一枝红糖冰棒，或一盘浇了香蕉油的刨冰，就能使我们快乐不置了。

有时候我们不免也会羡慕有钱人家的小孩，但当我们知道有钱人的孩子不能全身脱光到溪边游泳，或者下完课不能在田野的烂泥里玩杀刀的时候，我们都很同情有钱人的孩子。

在我们那个年代的农村里，孩子几乎没有任何物质的欲望，因为知道即使有物质欲望也不能获得，最后就完全舍弃了。无欲则刚，到后来我们即使赤着脚、穿破衣去上学，也充满了自信和快乐。

这其实没有什么秘诀，只是深信物质之外，还有一些能使我们快乐的事物不是来自物质。而且对这个世界保持微微喜悦的心情，知道在匮乏的生活里也能有丰满的快乐，便宜的食物也有好吃的味道，小环境里也有远大的梦想——这些卑中之尊、贱中之美、小中之大，乃至丑中之美、坏中之好，都是因微细喜悦的心情才能体会。

在夏天里，我深信坐在冷气房里喝冰镇莲子的美味，远远比不上在田中流汗工作，然后在小路上灌一大碗好心人的"奉茶"，奉茶不是舌头到喉管的美味，而是心情互相体贴而感到的欢喜。

在禅宗的《碧岩录》里有一个故事，德云禅师和一位痴圣人一起去担挑积雪，希望把井口埋起来，引起了别人的讪笑，当然，雪无法把井口埋住是大家都知道的,德云法师为什么要担雪埋井呢?他是启示了一个伟大的反面教化,这个教化是:只要你心底有一口泉涌的井,还怕会被寒冷的雪封埋吗?

不要羡慕别人门头没有雪,自己挖一口泉涌的井才是要紧的事。

"不封冻的井"是一个多么深邃的启示,它是突破冷漠世界的挚情,是改变丑陋环境成为优美境地的心思,是短暂生命里不断有活力萌芽的救济。

心井永不封冻,就能使我们卓然不群,不随流俗与物欲转动了。

在路边自由地喝杯木瓜牛奶,滋味不见得会比人参汤逊色呀!

PART 5 / 思考·静心篇

长大以后才知道,
真正的事实是,
每一个人心中有一片月,
它是独一无二、光明湛然的,
当月亮照耀我们时,
它反映着月光,
感觉天上的月也是心中的月。

心田上的百合花开

在一个偏僻遥远的山谷里，有一个高达数千尺的断崖。不知道什么时候，断崖边上长出了一株小小的百合。

百合刚刚诞生的时候，长得和杂草一模一样。但是，它心里知道自己并不是一株野草。

在它的内心深处，有一个纯洁的念头："我是一株百合，不是一株野草。唯一能证明我是百合的方法，就是开出美丽的花朵。"

有了这个念头，百合努力地吸收水分和阳光，深深地扎根，直直地挺着胸膛。

终于在一个春天的早晨，百合的顶部结出了第一个花苞。

百合的心里很高兴，附近的杂草却很不屑，它们在私底下嘲笑着百合："这家伙明明是一株草，偏偏说自己是一株花，还真以为自己是一株花。我看它顶上结的不是花苞，而是头脑长瘤了。"

公开的场合，它们则讥讽百合："你不要做梦了，即使你真的会开花，在这荒郊野外，你的价值还不是跟我们一样。"

偶尔有飞过的蜂蝶鸟雀，它们也会劝百合不用那么努力开花：

"在这断崖边上,纵然开出世界上最美的花,也不会有人来欣赏呀!"

百合说:"我要开花,是因为我知道自己有美丽的花;我要开花,是为了完成作为一株花的庄严使命;我要开花,是由于自己喜欢以花来证明自己的存在。不管有没有人来欣赏,不管你们怎么看我,我都要开花!"

在野草和蜂蝶的鄙夷下,百合努力地释放内心的能量。有一天,它终于开花了,它那富有灵性的洁白和秀挺的风姿,成为断崖上最美丽的颜色。

这时候,野草与蜂蝶再也不敢嘲笑它了。

百合花一朵一朵地盛开着,花朵上每天都有晶莹的水珠,野草们以为那是昨夜的露水,只有百合自己知道,那是欢喜的泪滴。

年年春天,百合努力地开花、结籽。它的种子随着风,落在山谷、草原和悬崖边上,到处都开满洁白的百合。

几十年后,远在百里之外的人,从城市、从乡村,千里迢迢赶来欣赏百合开花。许多孩童跪下来,嗅着百合花的芬芳;许多情侣互相拥抱,许下了"百年好合"的誓言;无数的人看到这从未见过的美,感动得落泪。

那里,被人称为"百合谷地"。

不管别人怎么欣赏,满山的百合花都谨记着第一株百合的教导:"我们要全心全意默默地开花,以花来证明自己的存在。"

木炭与沉香

有一位年老的富翁，非常担心他从小娇惯的儿子，虽然他有庞大的财产，却害怕遗留给儿子反而带来祸害。他想，与其留财产给孩子，还不如教他自己去奋斗。

他把儿子叫来，对儿子说了他如何白手起家，经过艰苦的考验才有今天，他的故事感动了这位从未出远门的青年，激发了奋斗的勇气，于是他发愿：如果不找到宝物绝不返乡。

青年打造了一艘坚固的大船，在亲友的欢送中出海，他驾船渡过了险恶的风浪，经过无数的岛屿，最后在热带雨林找到一种树木，这树木高达十余公尺，在一片大雨林中只有一两株，砍下这种树木经过一年时间让外皮朽烂，留下木心沉黑的部分，会散发一种无比的香气，放在水中它不像别的树木浮在水面而会沉到水底去。青年心想：这真是无比的宝物呀！

青年把香味无以比拟的树木运到市场出售，可是没有人来买他的树木，使他异常烦恼。偏偏在青年隔壁的摊位上有人在卖木炭，那小贩的木炭总是很快就卖光了。刚开始的时候青年还不为所动，日子一天天过去，终于使他的信心动摇，他想："既然木炭这么好卖，为什么我不把香树变成木炭来卖呢？"

第二天他果然把香木烧成木炭，挑到市场，一天就卖光了，青年非常高兴自己能改变心意，得意的回家告诉他的老父，老父听了，忍不住落下泪来。

原来，青年烧成木炭的香木，正是这个世界上最珍贵的树木"沉香"，只要切下一块磨成粉屑，价值就超过了一车的木炭。

这是佛经里释迦牟尼说的一个故事，他告诉我们两个智慧：一是许多人手里有沉香，却不知道它的珍贵，反而羡慕别人手中的木炭，最后竟丢弃了自己的珍宝。二是许多人虽知道希圣希贤是伟大的心愿，一开始也有成圣成贤的气概，但看到做凡夫俗子最容易、最不费工夫，最后他就出卖自己尊贵的志愿，沦落成为凡夫俗子了。

人生的缺憾，最大的就是和别人比较，和高人比较，使我们自卑；和俗人比较，使我们下流；和下人比较，使我们骄满。外来的比较是我们心灵动荡不能自在的来源，也使得大部分的人都迷失了自我，障蔽了自己心灵原有的氤氲馨香。

因此，佛陀说：一个人战胜一千个敌人一千次，远不及他战胜自己一次！

清　　欢

少年时代读到苏轼的一阕词，非常喜欢，到现在还能背诵：

> 细雨斜风作小寒，淡烟疏柳媚晴滩。入淮清洛渐漫漫。
> 雪沫乳花浮午盏，蓼茸蒿笋试春盘。人间有味是清欢。

这阕词，苏东坡在旁边写着"元丰七年十一月二十四日，从泗州刘倩叔游南山"，原来是苏轼和朋友到郊外去玩，在南山里喝了浮着雪沫乳花的小酒，配着春日山野里的蓼菜、茼蒿、新笋，以及野草的嫩芽等等，然后自己赞叹着"人间有味是清欢"！

当时所以能深记这阕词，最主要的是爱极了后面这一句，因为试吃野菜的这种平凡的清欢，才使人间更有滋味。"清欢"是什么呢？清欢几乎是难以翻译的，可以说是"清淡的欢愉"，这种清淡的欢愉不是来自别处，正是来自对平静疏淡俭朴生活的一种热爱。当一个人可以品味山野菜的清香胜过了山珍海味，或者一个人在路边的石头里看出比钻石更引人的滋味，或者一个人听林间鸟鸣的声音感受到比提笼遛鸟更感动，或者甚至于体会了静静品一壶乌龙茶比起在喧闹的晚宴中更能清洗心灵……这些就是"清欢"。

清欢之所以好，是因为它对生活的无求，是它不讲究物质的条件，只讲究心灵的品位。"清欢"的境界是很高的，它不同于李白的"人生在世不称意，明朝散发弄扁舟"那样的自我放逐；或者"人生得意须尽欢，莫使金樽空对月"那种尽情的欢乐。它也不同于杜甫的"人生有情泪沾臆，江山江花岂终极"这样悲痛的心事，或者"人生不相见，动如参与商；今夕复何夕，共此灯烛光"那种无奈的感叹。

活在这个世界上，有千百种人生。文天祥的是"人生自古谁无死，留取丹心照汗青"，我们很容易体会到他的壮怀激烈。欧阳修的是"人生自是有情痴，此恨不关风与月"，我们很能体会到他的绵绵情恨。纳兰性德的是"人到情多情转薄，而今真个不多情"，我们也不难会意到他无奈的哀伤。甚至于像王国维的"人生只似风前絮，欢也零星，悲也零星，都作连江点点萍！"那种对人生无常所发出的刻骨的感触，也依然能够知悉。

可是"清欢"就难了！

尤其是生活在现代的人，差不多是没有清欢的。

什么样是清欢呢？我们想在路边好好地散个步，可是人声车声不断地呼吼而过，一天里，几乎没有纯然安静的一刻。

我们到馆子里，想要吃一些清淡的小菜，几乎是杳不可得，过多的油、过多的酱、过多的盐和味精已经成为中国菜最大的特色，有时害怕了那样的油腻，特别嘱咐厨子白煮一个菜，菜端出来时让人吓一跳，因为菜上挤的沙拉比菜还多。

我们有时没有什么事，心情上只适合和朋友啜一盅茶、饮一杯咖啡，可惜的是，心情也有了，朋友也有了，就是找不到地方，有茶有咖啡的地方总是嘈杂的。

俗世里没有清欢了，那么到山里去吧！到海边去吧！但是，山边和海湄也不纯净了，凡是人的足迹可以到的地方，就有了垃圾，就有了臭秽，就有了吵闹！

有几个地方我以前常去的，像阳明山和白云山庄，叫一壶兰花茶，俯望着台北盆地里堆叠着的高楼与人欲，自己饮着茶，可以品到茶中有清欢。像在北投和阳明山间的山路边有一个小湖，湖畔有小贩卖工夫茶，小小的茶几、藤制的躺椅，独自开车去，走过石板的小路，叫一壶茶，在躺椅上静静地靠着，有时湖中的荷花开了，真是惊艳一山的沉默。有一次和朋友去，两人在躺椅上静静喝茶，一下午竟说不到几句话，那时我想，这大概是"人间有味是清欢"了。

现在这两个地方也不能去了，去了只有伤心。湖里的不是荷花了，是飘荡着的汽水罐子，池畔也无法静静躺着，因为人比草多，石板也被踏损了。到假日的时候，走路都很难不和别人推挤，更别说坐下来喝口茶，如果运气更坏，会遇到呼啸而过的飞车党，还有带着伴唱机来跳舞的青年，那时所有的感官全部电路走火，不要说清欢，连欢也不剩了。

要找清欢一日比一日更困难了。

当学生的时候，有一位朋友住在中和圆通寺的山下，我常常坐着颠簸的公车去找她，两个人便沿着上山的石阶，漫无速度地走走、坐坐、停停、看看，那时圆通寺山道石阶的两旁，杂乱地长着朱槿花，我们一路走，顺手抬下一朵熟透的朱槿花，吸着花朵底部的花露，其甜如蜜，而清香胜蜜，轻轻地含着一朵花的滋味，心里遂有一种只有春天才会有的欢愉。

圆通寺是一座全由坚固的石头砌成的寺院，那些黑而坚强的石头坐在山里仿佛一座不朽的城堡，绿树掩映，清风徐徐，站在用石板铺成的前院里，看着正在生长的小市镇，那时的寺院是澄明而安静的，让人感觉走了那样高的山路，能在那平台上看着远方，就是人生里的清欢了。

后来，朋友嫁人，到国外去了。我去过一趟圆通寺，山道已经开辟出来，车子可以环山而上，小山路已经很少人走，就在寺院的门口摆着满满的摊贩，有一摊是儿童乘坐的机器马，叽里咕噜的童歌震撼半山，有两摊是打香肠的摊子，烤烘香肠的白烟正往那古寺的大佛飘去，有一位母亲因为不准孩子吃香肠而打两个孩子，激烈的哭声尖亢而急促……我连圆通寺的寺门都没有进去，就沉默地转身离开。山还是原来的山，寺还是原来的寺，为什么感觉完全不同了，失去了什么吗？失去的正是清欢。

下山时的心情是不堪的，想到星散的朋友，心情也不是悲伤，只是惆怅，浮起的是一阕词和一首诗，词是李煜的："高楼谁与上，长记秋晴望。往事已成空，还如一梦中！"诗是李觏的："人言落日是天涯，望极天涯不见家；已恨碧山相阻隔，碧山还被暮云遮！"那时正是黄昏，在都市烟尘蒙蔽了的落日中，真的看到了一种悲剧似的橙色。

我二十岁心情很坏的时候，就跑到青年公园对面的骑马场去骑马，那些马虽然因驯服而动作缓慢，却都年轻高大，有着光滑的毛色。双腿用力一夹，它也会如箭一般呼啸向前蹿去，急忙的风声就从两耳掠过，我最记得的是马跑的时候，迅速移动着的草的青色，青茸茸的，仿佛饱含生命的汁液，跑了几圈下来，一切恶的心情也就在风中、在绿草里、在马的呼啸中消散了。

尤其是冬日的早晨，勒着缰绳，马就立在当地，踢踏着长腿，鼻孔中冒着一缕缕的白气，那些气可以久久不散，当马的气息在空气中消弭的时候，人也好像得到某些舒放了。

骑完马，到青年公园去散步，走到成行的树荫下，冷而强悍的空气在林间流荡，可以放纵地、深深地呼吸，品味着空气里所含的元素，那元素不是别的，正是清欢。

最近有一天，突然想到骑马，已经有十几年没骑了。到青年公园的骑马场时差一点儿吓昏，原来偌大的马场里已经没有一根草了，一根草也没有的马场大概只有台湾才有，马跑起来的时候，灰尘滚滚，弥漫在空气里的尽是令人窒息的黄土，蒙蔽了人的眼睛。马也老了，毛色斑驳而失去光泽。

最可怕的是，不知道什么时候在马场搭了一个塑胶棚子，铺了水泥地，奇丑无比，里面则摆了机器的小马，让人骑用，奇吵无比。为什么为了些微的小利，而牺牲了这个马场呢？

马会老是我知道的事，人会转变是我知道的事，而在有真马的地方放机器马，在跑马的地方没有一株草，则是我不能理解的事。

就在马场对面的青年公园，已经不能说是公园了，人比西门町还拥挤吵闹，空气比咖啡馆还坏，树也萎了，草也黄了，阳光也不灿烂了。我从公园穿越过去，想到少年时代的这个公园，心痛如绞，别说清欢了，简直像极了佛经所说的"五浊恶世"！

生在这个年代，为何"清欢"如此难觅。眼要清欢，找不到青山绿水；耳要清欢，找不到宁静和谐；鼻要清欢，找不到干净空气；舌要清欢，找不到蓼茸蒿笋；身要清欢，找不到清凉净土；意要清欢，找不到智慧明心。如果要享受清欢，唯一的方法是守在自己小小的天地，洗涤自己的心灵，因为在我们拥有愈多的物质世界，我们的清淡的欢愉就日渐失去了。

现代人的欢乐，是到油烟爆起，卫生堪虑的啤酒屋去吃炒蟋蟀；是到黑天暗地、不见天日的卡拉 OK 去乱唱一气；是到乡村野店、胡乱搭成的土鸡山庄去豪饮一番；以及到狭小的房间里做方城之戏，永远重复着摸牌的一个动作……这些放逸的生活以为是欢乐，想起来毋宁是可悲的。为什么现代人不能过清欢的生活，反而以浊为欢，以清为苦呢？

当一个人以浊为欢的时候，就很难体会到生命清明的滋味，而在欢乐已尽，浊心再起的时候，人间就愈来愈无味了。

这使我想起东坡的另一首诗来：

梨花淡白柳深青，柳絮飞时花满城；

惆怅东南一枝雪，人生看得几清明？

　　苏轼凭着东栏看着栏杆外的梨花，满城都飞着柳絮时，梨花也开了遍地，东栏的那株梨花却从深青的柳树间伸了出来，仿佛雪一样的清丽，有一种惆怅之美，但是，人生看这么清明可喜的梨花能有几回呢？这正是千古风流人物的性情，这正是清朝大画家盛大士在《谿山卧游录》中说的："凡人多熟一分世故，即多一分机智。多一分机智，即少一分高雅。""山中何所有？岭上多白云，只可自怡悦，不堪持赠君，自是第一流人物。"

　　第一流人物是什么人物？

　　第一流人物是能在清欢里也能体会人间有味的人物！

　　第一流人物是在污浊滔滔的人间，也能找到清欢的滋味的人物！

牛肉汁时代

这是个"牛肉汁时代",
许多人拼命追逐外在事物,
献出了大部分青春。
不幸的是,
外在事物往往是短暂的、
不能确立真实价值的。

朋友告诉我一个笑话:

一个有钱的贵妇去找一位知名的画家作画,并且谈好条件,这张画像一定要她家里的狗喜欢才付钱。

画家一口答应,但是向她要了双倍的价钱,理由是:"画到连狗都喜欢,那是非常艰难的。"

画像终于完成了,当画送到的时候,贵妇人的狗立刻飞奔而至,状甚愉快,热情的舐着画像上主人的脸颊。那位贵妇人和她的狗一样兴奋,付了双倍的价钱给画家。

这件事情传开了,许多学艺术的人都非常佩服,纷纷来向他请教，如何画一幅画让狗看了也那么感动。

画家说："没什么呀！我只是在她脸上的颜料部分，涂了一点儿牛肉汁。"

这个故事很值得深思，一般人欣赏艺术品通常停在外表的层次，例如一幅画像不像，例如一幅画可以卖多少钱，导致那些好卖的艺术品不一定是很感人，或有创作力的，只不过是在颜料里调了一点牛肉汁吧！

我们这个时代，由于外在的可炫惑的事物太多，可以说是一个"牛肉汁时代"，许多人拼命追逐外在事物，献出了大部分青春。不幸的是，外在事物时常是很短暂的、不永恒的，不能确立人生真实价值的。

我并不排斥人对表面事物的追逐，例如更有权势、住更大的房子、开更高级的汽车、穿更好的衣服、在更昂贵的饭店吃饭，因为这是人之常情，也是一个社会进展的动力。但是我很担心，太少人做内在的沉思与开发，对文化与品质的发展是很不利的。

人之所以异于禽兽，是他有一个广大的灵性世界，也可以说是人独有的品质。一个人活在世间，在作为人的独有品质的开发上，至少应该花费和外在的、物质的追求相同的时间。如果一个人花在灵性思维的时间很少，他的身心就接近禽兽了。

特别是九十年代的人类，花费很少的时间就可以温饱了，大部分的追逐都只是欲望的展现。但是人生不仅仅如此，只是由于内在品质不像外在的物质易于被发现、易于衡量，大家就忽视了。

禅宗里有一个公案，说有一个弟子非常崇拜赵州禅师，于是为赵州画了一幅画像，有一天拿给赵州看，问道："师父，您看这幅画像不像您？"

赵州说："如果不像，你就把画烧了。"

停了一下儿，赵州又说："如果像我，你就杀了我吧！"

弟子只好把画像烧了。

这个公案的意思是，表面的事物是无法取代内心世界的。我们在物质的堆砌，所塑造的是我们的画像，而不是真实的我，真实的我唯有在夜半扪心，花时间来反复思维才会显现。

真实的我，不是脸上涂满颜色的我。

真实的我，不是穿着流行时装的我。

真实的我，不是在街头奔赴名利的我。

真实的我，不是那个表面华丽、内心空虚的我。

"那么，真实的我要去何处寻？"

"你问我，我问谁呢？我找自己的时间都不够用了呀！"

"拜托，给一个简单的提示！"

"好！给你一个简单的提示，如果你花多少时间在穿衣、打扮、美容、工作、追逐，就花相同的时间来读书、思考、静心、放松，真实的我就会出来与你相见了，均衡一下嘛！广告不是这么说的吗？"

"这么简单，我回去就试试！"

"咦！你脸上怎么有牛肉汁？"

"呀？哪里？"

"哈，除了均衡一下儿，轻松一下儿嘛！"

月 到 天 心

二十多年前的乡下没有路灯，夜里穿过田野要回到家里，差不多是摸黑的，平常时日，都是借着微明的天光，摸索着回家。

偶尔有星星，就亮了很多，感觉到心里也有星星的光明。

如果是有月亮的时候，心里就整个沉静下来，丝毫没有了黑夜的恐惧。在台湾南部，尤其是夏夜，月亮的光格外有辉煌的光明，能使整条山路都清清楚楚地延展出来。

乡下的月光是很难形容的，它不像太阳的投影是从外面来，它的光明犹如从草树、从街路、从花叶，乃至从屋檐、墙垣内部微微地渗出，有时会误以为万事万物的本身有着自在的光明。假如夜深有雾，到处都弥漫着清气，当萤火虫成群飞过，仿佛是月光所掉落出来的精灵。

每一种月光下的事物都有了光明，真是好！

更好的是，在月光底下，我们也觉得自己心里有着月亮，有着光明，那光明虽不如阳光温暖，却是清凉的，从头顶的头发到脚尖的趾甲都感受到月的清凉。

走一段路，抬起头来，月亮总是跟着我们，照着我们。在童年的岁月里，我们心目中的月亮有一种亲切的生命，就如同有人提灯为我们引路一样。我们在路上，月在路上；我们在山顶，月在山顶；我们在江边，月在江中；我们回到家里，月正好在家屋门前。

直至如今，童年看月的景象，以及月光下的乡村都还历历如绘。但对于月之随人却带着一些迷思，月亮永远跟随我们，到底是错觉还是真实的呢？可以说它既是错觉，也是真实。由于我们知道月亮只有一个，人人却都认为月亮跟随自己，这是错觉；但当月亮伴随我们时，我们感觉到月是唯一的，只为我照耀，这是真实。

长大以后才知道，真正的事实是，每一个人心中有一片月，它是独一无二、光明湛然的，当月亮照耀我们时，它反映着月光，感觉天上的月也是心中的月。在这个世界上，每个人心里都有月亮埋藏，只是自己不知罢了。只有极少数的人，在最黑暗的时刻，仍然放散月的光明，那是知觉到自己就是月亮的人。

这是为什么禅宗把直指人心称为"指月"，指着天上的月教人看，见了月就应忘指；教化人心里都有月的光明，光明显现时就应舍弃教化。无非是标明了人心之月与天边之月是相应的、含容的，所以才说"千江有水千江月，万里无云万里天"，即使江水千条，条条里都有一轮明月。从前读过许多诵月的诗，有一些颇能说出"心中之月"的境界，例如王阳明的《蔽月山房》：

山近月远觉月小，便道此山大于月；

> 若人有眼大如天，当见山高月更阔。

确实，如果我们能把心眼放开到天一样大，月不就在其中吗？只是一般人心眼儿小，看起来山就大于月亮了。

还有一首是宋朝理学家邵雍写的《清夜吟》：

> 月到天心处，风来水面时；
> 一般清意味，料得少人知。

月到天心，风来水面，都有着清凉明净的意味，只有微细的心情才能体会，一般人是不能知道的。

我们看月，如果只看到天上之月，没有见到心灵之月，则月亮只是极短暂的偶遇，哪里谈得上什么永恒之美呢？

所以回到自己，让自己光明吧！

思想的天鹅

有时候我在想,人的思想究竟是像什么呢?有没有一种具象的事物可以来形容我们的思想?

偶尔,我觉得思想像彩色的蝴蝶,在盛开的花园中采蜜,但取其味,不损色香,而这蝴蝶不能在我们预设的花园中飞翔,它随风翻转,停在一些我们不能考察的花丛中,甚至让我觉得,那蝴蝶停下来时有如一株花。

偶尔,我觉得思想犹如海洋,广大与深度都不可探测,在它涌动的时候,或者平缓如波浪,或者飞溅如海啸,或者反映蓝天与星光,只是,思想在某些时候会有莫名的力量,那像是鱼汛或暖流、黑潮从不知的北方来到,那可能就是被称为是"灵感"的东西。

偶尔,我觉得思想像是《诗经》中说的"鸢飞戾天,鱼跃于渊"的鸢或是鱼,上及飞鸟下至渊鱼,无不充满了生命力、无不欢欣悦豫,德教明察。鸢鸟的眼睛是最锐利的,可以在一千公尺以上的高空,看见茂盛草原中奔跑的一只小鼠;鱼的眼睛则永远不闭,那是由于海中充满凶险,要随时改变位置。

不过，蝴蝶的翅力太弱，生命也太短暂；而海洋则过于博大，不能主宰；鸢呢？鸢太过强猛，欠缺温柔的性质；鱼则过于惊慌，因本能而生活。

思想如果愿意给一个形象，我愿自己的思想像天鹅一样，天鹅的古名叫鹄，是吉祥的鸟，是"燕雀安知鸿鹄之志"中的那种两翼张开有六尺长的大鸟。它生长于酷寒的北方，能顺着一定的轨迹，越过高山大河到达南方的温暖之地。它既善于飞翔，非白即黑；它能安于环境，不致过分执着……天鹅有许多好的品性，它的耐力、毅力与气质，都是令人倾倒的，芭蕾舞剧"天鹅湖"中，对情感至死不渝的天鹅，不知道使多少人为之动容。

我愿意自己的思想浩大如天鹅之越过长空，在动荡迁徙的道路上，不失去温和与优雅的气质。更要紧的是，天鹅是易于驯养的，使我不至于被思想牵动，而能主引自己的思想，让它在水草丰美的湖滨自在优游。

据说，驯养天鹅有两个方法，一个是把天鹅的一边翅膀修剪，使它失去平衡不能起飞，它就会安住于湖边。另一个方法是，把天鹅养在一个较小的池塘里，由于天鹅的起飞，必须先在水中滑翔一段路途，才能凌空而去，若池塘太小，它滑翔的路程太短就不能起飞了。从前，欧洲的动物园用前一个方法驯养天鹅，后来觉得残忍，并且展翅的时候丑陋，现在都用后面的方法。

驯养思想的天鹅似乎不必如此，而是确立一个水草丰美的湖泊作为天鹅的家乡，让它既保有平衡的双翼（智慧与悲悯），也让它有广大的湖泊（清明的自性），然后就放心地让它展翅翱翔吧！

只要我们知道天鹅是季候之鸟，即便它是飞到万里之外，它在心灵中也永远不会忘记自己的家乡。经过数万里时空，在千百劫里流浪，有一天，它就会飞回它的家乡。

传说从前科举时代有一段时间，凡是到京城应试的士子都要穿"鹄袍"，译成白话就是要穿"天鹅服"，执事的人只要看见穿白袍的人就会肃然起敬，因为那些穿着白衣的年轻孩子，将来会有许多位王侯公卿，是不可轻视的。佛教把居士称为"白衣"，称为"素"，也是这个意思。

思想的天鹅也像是身穿白袍的士子，纯洁、青春、充满了对将来的热望，在起飞的那一刻不能轻视，因为它会万里翱翔，主宰人的一生。

在我的清明之湖泊，有一只时常起飞的天鹅，我看它凌空而去，用敏锐的眼睛看着世界，心里充满对生命探索的无限热忱。我让那只天鹅起飞，心里一点儿也不操心，因为我知道天鹅有一个家乡，它的远途旅行只是偶然的栖息，它总会飞回来，并以一种优雅温柔的姿势，在湖中降落。

忧 伤 之 雨

下雨的时候走在街上，有时会不自觉地落下泪来，心里感到忧伤。

有阳光的时候走在街上，差不多都能保持愉快的心情，温暖地看待世界。

从前不知道原因何在，后来才知道，水性不二，我们心中的忧伤不就是天上的雨吗？明性也不二，我们心中的温暖就会与阳光的光明相映。

下雨天特别能唤起我们的悲心，甚至会感觉到满天的雨也比不上这忍苦世间所流的泪。

由于世间是这样苦，雨才下个不停。我相信，在诸佛菩萨的净土一定是不下雨的，在那里，满空的光明里，永远有花香随着花瓣飘飘落下。

在苦痛的时候，我们真的可以感受到每一滴雨水，都是前世忧伤的泪所凝结。

雨，是忧伤世间的象征，使我看见了每一位雨中的行人，心里都有着不为人见的隐秘的辛酸。

但想到我们今生落下的每一滴泪，在某一个时空会化成一粒雨珠落下，就感到抬头看见的每一颗雨珠都是我们心田的呈现。

下雨天的时候，我常这样祈愿：

但愿世间的泪，不会下得像天上的雨那样滂沱。

但愿天上的雨，不会落得如人间的泪如此污浊。

但愿人人都能有阳光的伞来抵挡生命的风雨。

但愿人人都能因雨水的清洗而成为明净的人。

这样许愿时，感觉雨和泪都清明了起来。

这样许愿时，使我知道，娑婆世界的雨也是菩萨悲心的感召。

有情十二帖

前　生

　　前生，我们也是在这样的溪畔道别的吧！

　　要不然，我从山径一路走来，心原是十分平静的，可是我看见这条溪时，心为什么如水波一样涌动起来？周围清冽的空气，使我感到一种不知何处流来的可惊的寒冷。

　　以溪水为镜，我努力地想知道，这条溪与我有着什么样的因缘？或者是，我如何在溪的此岸，看着你渐去渐远的身影？或者是，同在一岸，你往下游走去，而我却溯源而上？

　　我什么都映照不出来，因为溪水太激动了。

　　这已是春天了呀！草正绿着，花正盛开，阳光正暖，溪水为什么竟有清冷而空茫的感觉呢？

　　想是与久远的前生有着不可知的关系。

　　在春天的时候，临溪而立，特别能感觉到生命是一道溪流，不知从何流来，不知流向何处。

此刻的我，仿佛是，奔流的河溪中刚刚落下的，一片叶子。

流　　转

在十字路口的古董店临窗的角落，我刚在一张太师椅上坐下，立刻又站起来，因为那张椅子上还留着别人坐过的温度。

从小我就不习惯坐别人坐过的热椅子，宁可站着等那椅子冷了，才落座。尤其古董店的椅子，据说这张椅子是清朝传下来的，那美丽的离花让我知道这不是平民的椅子，它的第一个主人曾经是富有的人吧！

现在，那个富有的人，他的财富必然已经散尽了，他的身体一定也在时空中消亡了，留下这一组椅子，没有哭笑，在午后的阳光中静静的，几乎是睡着一般。

我在古董店转了一圈，好像与时空一起流转，唐朝的三彩马，明代的铜香炉，清朝的瓷器，民初的碗盘，有很多还完美如新。有一张八仙彩，新得还像某一个脸容贞静的妇女一针一针刺绣上去，针痕还在锦上，人却已经远去了，像空气，像轻轻的铜铃声。

在古董店，我们特别能感受时光的无情，以及生命的短暂，步出古董店时我觉得，即使在早春，也应珍惜正在流转的光阴。

山　　雨

看着你微笑着，无声，在茫茫的雨雾中从山下走来，你撑着的花伞，在每一格石阶一朵一朵开上来，三月道旁的杜鹃与你的伞一样有艳红的颜色。在春雨的绵绵里，我的忧伤，像雨里的乱草缠绵在一起，忧伤的雨就下在我的眼中。

眼看你就要到山顶，却在坡道转弯处隐去了，隐去如山中的风景，静默；雨，也无声。

山顶的凉亭里，有人在下棋，因为棋力相当，两个人静静地对坐着，偶尔传来一声"将军"，也在林间转了又转，才会消失。

我看着满天的雨，感觉这阵雨永远也不会停。

你果然没有到山顶上，转过坡道又下山了，我看着你的背影往山下走去，转一道弯就消失了，消失成雨中的山，空茫的山。

山雨不停，我心中忧伤的雨也一如山雨。

这阵雨永远也不会停下！看着满天的雨，我这样想着。

突然听到凉亭里传来一声高扬的："将军！"

四　　月

我最喜欢四月的阳光，四月的阳光不愠不火，透明温润有琉璃的质感。

四月的阳光，使每一朵花都是水晶雕成，在风里唱着希望之歌，歌声五色仿佛彩虹。

四月的阳光，使每一株草都是翡翠繁生，在土地写着明日之诗，诗章湛蓝一如海洋。

在四月的阳光中，我们把冬寒的灰衣褪去，肤触着遥远天际传来的温热，使我想起童年时代，赤身奔跑过四月的田野，阳光就像母亲温暖的怀抱，然后我们跳入还留着去年冬寒的溪里游水。最后，我们带着全身琉璃的水珠躺在大石上，水一丝丝化入空中，我们就在溪边睡着了。

在四月的阳光中，草原、树林、溪流、石头都是净土，至少对无忧的孩子是这样的。所以，不论什么宗教，都说我们应该胸怀一如赤子，才能进入清净之地。

四月还是四月，温暖的阳光犹在，可叹的是我们都不再是赤子了。

石　　狮

我们走过生命的原野时，要像狮子一样，步步雄健，一步留下一个脚印。

我们渡过生命的河流之际，要像六牙香象，中流砥柱，截河而流，主宰自己生命的河流与方向。

我们行经生命的丛林小径，要像灰鹿之王，威严而柔和，雄壮而悲悯，使跟随我们的鹿群都能平安温饱。

这些都是佛经的譬喻，是要我们期许自己像狮子一样威猛，像香象一样壮大，像鹿王一样温和庄严。当我们想起这几种动物，真有如自己站在高山顶上，俯视着莽莽的林木与茫茫的草原，也有那样的气派。

狮子是文殊师利菩萨的坐骑，白象是普贤菩萨的坐骑，都是极有威势的护法，尤其狮子更是普遍，连民间一般寺庙都是由狮子来护法的。

今天路过一座寺庙，看到门前的石狮子有不同的表情，几乎是微笑着的，然后我想起每座寺庙前的狮子，虽是石头雕成，每只的表情都有细微的不同。

即使是石狮子，也是有心的，特别是在温馨的五月清晨的微风之中。

欢　　喜

黄山谷有一天去拜访晦堂禅师，问禅师说："禅宗的奥义究竟是什么？"

晦堂禅师说："论语上说：'二三子，以我为隐乎？吾无隐乎尔。'禅对你们也没有什么隐藏，这意思你懂吗？"

黄山谷说："我不懂。"

然后，两人都沉默了，一起在山路上散步，当时，盛开的木樨花正在开放，香味满山。

晦堂问："你闻到香味了吗？"

"是，我闻到了！"黄山谷说。

"我像这木樨花香一样，没有隐瞒你呀！"禅师说。

黄山谷听了，像突然打开心眼一样开悟了。

是的，这世界从来没有隐藏过我们，我们的耳朵听见河流的声音，我们的眼睛看到一朵花开放，我们的鼻子闻到花香，我们的舌头可以品茶，我们的皮肤可以感受阳光……在每一寸的时光中都有欢喜，在每个地方都有禅悦。

我曾在一个开满凤凰花的城市住了三年，今天看到一棵凤凰花开，好像唱着歌一样，使我的眼耳鼻舌身意都洋溢着少年时代的欢喜。

院　　子

农村里的秋天来得晚，但真正秋天来的时候是很写意的。

首先感觉到的是终于有黄昏的晚霞了，当河边的微风吹过，我们背着沉重的书包回家，站在家前院子往远山看去，太阳正好把半天染红；那云红得就像枫叶，仿佛一片一片就要落下来了。于是，我常常站在院子里就呆住了，一直到天边泼墨才惊醒过来。

然后，悬丝飘浮的、带着清冷的秋灯的、只照射自己的路的萤火虫，不知道是从河的对岸或树林深处来了，数目多得超乎想象，千盏万盏掠过院子，穿过弄堂，在草丛尖浮荡。有人说萤火虫是点灯来找它前世的情缘，所以灯盏才会那么的凄清闪烁，动人肝肺。

最后，是大人们扬着扇子，坐在竹椅上清喉咙："古早、古早、古早……"说着他们的父亲、祖父一直传说不断忠孝节义的故事，听着这些故事，使我觉得秋天真是温柔，温柔中流着情义的血。我们听故事的那个院子，听说还是曾祖父用石块亲手铺成的。

秋天枫红的云，凄凉的萤火，用传说铺成的院子如今还在闪烁，可惜现在不是秋天，也找不到那个院子了。

有　　情

"花，到底是怎么样开起的呢？"有一天，孩子突然问我。

我被这突来的问题问住了，我说："是春天的关系吧。"

对我的答案，孩子并不满意，他说："可是，有的花是在夏天开，有的是在冬天开呀！"

我说："那么，你觉得花是怎样开起的呢？"

"花自己要开，就开了嘛！"孩子天真地笑着："因为它的花苞太大，撑破了呀！"

说完孩子就跑走了，是呀！对于一朵花和对于宇宙一样，我们都充满了问号，因为我们不知它的力量与秩序确切来自何处。

花的开放，是它自己的力量在因缘里的自然展现，它蓄积自己的力量，使自己饱满，然后爆破，有如阳光在清晨穿破了乌云。

花开是一种有情，是一种内在生命的完成，这是多么亲切呀！使我想起，我们也应该蓄积、饱满、开放，永远追求自我的完成。

炉　　香

有一天，一位老太太问赵州从谂禅师："怎样去极乐世界呢？"

赵州说："大家都去极乐世界吧！我只愿永远留在苦海。"

我读到这里，心弦震动，久久不能自已，一个已经开悟的禅师，他不追求极乐，而希望自己留在与众生相同的地方，在苦海中生活，这是真实的伟大的慈悲。就好像在莲花池边，大家都赶来看莲花，经过时脚步杂乱，纸屑满地，而他只愿留下来打扫莲花池。

抬起头来，我看见案前的檀香炉，香烟袅袅，飘去不可知的远方，香气在室内盘绕不息。这烟气是不是也飘往极乐世界呢？可是如果没有香炉的承受，接受火炼，檀香的烟气也不可能飞到远方。

赵州正是要做那一个大香炉，用自己的燃烧之苦来点灯——众生虔诚的极乐之向往。

我也愿做烧香的铜炉，而不要只做一缕香。

天　　空

我和一位朋友去参观一处有数年代的古迹，我们走进一座亭子，坐下来休息，才发现亭子屋顶上刻着许多繁复、细致、色彩艳丽的雕刻，是人称"藻井"的那种东西。

朋友说："古人为什么要把屋顶刻成这么复杂的样子？"

我说："是为了美感吧！"

朋友说不是这样的，因为人哪有那样多的时间整天抬头看屋顶呢！

"那么，是为了什么？"我感到疑惑。

"有钱人看见的天空是这个样子的呀！缤纷七彩、金银斑斓，与他们的珠宝箱一样。"我第一次听见这种说法，眼中禁不住流露出了问号。朋友补充说："至少，他们希望家里的天空是这样子，人的脑子塞满钱财就会觉得天空不应该只是蓝色，只有一种蓝色的天空，多无聊呀！"

朋友似笑非笑地看着藻井，又看着亭外的天空。

我也笑了。

当我们走出有藻井的凉亭时，感觉单纯的蓝天，是多么美！多么有气派！

水因有月方知静，天为无云始觉高——我突然想起这两句诗。

如　　水

曾经协助丰臣秀吉统一全日本的大将军黑田孝高，他擅于用水作战，曾用水攻陷了久攻不下的高松城，因此在日本历史上有"如水"的别号，他曾写过"水五则"：

一、自己活动，并能推动别人的，是水。

二、经常探求自己的方向的，是水。

三、遇到障碍物时，能发挥百倍力量的，是水。

四、以自己的清洁洗净他人的污浊，有容清纳浊的宽大度量的，是水。

五、汪洋大海，能蒸发为云，变成雨、雪，或化而为雾，又或凝结成一面如晶莹明镜的冰，不论其变化如何，仍不失其本性的，也是水。

这"水五则"，也就是"水的五德"，是值得参究的，我们每天要用很多的水，有没有想过水是什么？要怎样来做水的学习呢？

要学习水，我们要做能推动别人的，常探求自己方向的，以百倍力量通过障碍的，有容清纳浊度量的，永不失本性的人。

要学习水，先要如水一样清净、无碍才行。

茶　味

我时常一个人坐着喝茶，同一泡茶，在第一泡时苦涩，第二泡甘香，第三泡浓沉，第四泡清冽，第五泡清淡，再好的茶，过了第五泡就失去味道了。

这泡茶的过程时常令我想起人生，青涩的年少，香醇的青春，沉重的中年，回香的壮年，以及愈走愈淡，逐渐失去人生之味的老年。

我也时常与人对饮，最好的对饮是什么话都不说，只是轻轻品茶；次好的是三言两语，再次好的是五言八句，说着生活的近事；末好的是九嘴十舌，言不及义；最坏的是乱说一通，道别人的是非。

与人对饮时常令我想起，生命的境界确乎是超越言句的，在有情的心灵中不需要说话，也可以互相印证。喝茶中有水深波静、流水喧喧、花红柳绿、众鸟喧哗、车水马龙种种境界。

我最喜欢的喝茶，是在寒风冷肃的冬季，夜深到众音沉默之际，独自在清静中品茗，杯小茶浓，一饮而尽，两手握着已空的杯子，还感觉到茶在杯中的热度，热，迅速地传到心底。

　　犹如人生苍凉历尽之后，中夜观心，看见，并且感觉，少年时沸腾的热血，仍在心口。

季节十二帖

一月·大寒

冷也冷到顶点了。

高也高到极限了。

日光下的寒林没有一丝杂质，空气里的冰冷仿佛来自故乡遥远的北国，带着一些相思，还有细微几至不可辨认的骆驼的铃声。

再给我一点儿绿色吧，阳光对山说。

再给我一点儿温暖吧，山对太阳说。

再给我一朵云，再给我一把相思吧，空气对山岚说。

我们互相依偎取暖，究竟，冷也冷到顶点，高也高到极限了。

二月·立春

春气始至，下弦月是十一日的七时一分。

"如果月光开始温柔照耀的时候，请告诉我。"地底的青虫对着荷叶上的绿蛙说。

"我忙得很呢！我还要告诉茄子、白芋、西瓜、瓮菜、肉豆、幸菜，它们发芽的时间到了。"蛙说。

"那么谁来告诉我春天到来了呢？"青虫说。

"你可以静听远方的雷声，或是仕女们踏青的步声呀！"蛙说。

青虫遂伏耳静听，先听见的竟是抽芽的青草血液流动的声音。

三月·惊蛰

"雷鸣动，蛰虫皆震起而出，故名惊蛰。"

我们可以等待春天的第一声雷，到草原去，那以为是地震的蛰虫都沙沙地奔跑，互相走告：雷在春天，不知道为什么这一次打到地底来了。蚱蜢都笑起来，其实年年雷都震动地底，只是蛰虫生命短暂，不知道去年的事吧！

在童年遥远的记忆中，我们喜欢春天到草原去钓蛰虫，一株草伸入洞里，蛰虫就紧紧咬住，有如咬住春天。

童年老树下的回忆，在三月里想起来，特别有春阳一般的温馨。

四月·清明

"时万物洁显而清明，时当气清景明，故名。"

这一次让我们去看四月里温柔的草原与和煦的白云吧！因为如果错过了四月的草之绿与云之白，今年就再也没有什么景色可以领略了。

但是，别忘了出发前让心轻轻地沉静下来，用一种清明的心情去观照天空与花树的对话。

我走出去，感觉被和风包围，我对着一朵含苞的小黄花说："亲爱的，四月的时候不要睡着了。"

五月·小满

天空突然下起雨来，对于天上的雨我们没有拒绝的权利，我们总是默默地接受了。

站在屋檐下避雨，我想着：为什么初夏的雨总没来由地下着，这时，竟有一些些美丽的心情，好像心里也被雨湿润了，痴痴地想起，某一年，是这样的五月，也是这样突然的初夏之雨，与一个心爱的人奔过落雨的大街。

冲进屋檐下的骑楼，抬头正与一个厢壁的石雕相遇，那石雕今日仍在，一起走过雨路的人，却远了。

五月的雨，总也是突然就停了。

阳光笑着，从天上跌落下来。

六月·芒种

"时可种有芒之谷，过此即失效，故曰芒种。"

坐火车飞过田野，偶尔会见到农夫正在田中插秧，点点的嫩绿在风中显得特别温柔，甚至让人忘记了那每一株都有一串汗水。

芒种，是多么美的名字，稻子的背负是芒种，麦穗的承担是芒种，高粱的波浪是芒种，天人菊在野风中盛放是芒种……有时候感觉到那一丝丝落下的阳光，也是芒种。

六月的明亮里，我们能感受到四处流动的光芒。

芒种，是深深把光芒植根，在某些特别的时候，我呼唤着你的名字，就仿佛把光芒种植。

七月·小暑

院里的玫瑰花，从去年落了以后就没有再开。

叶子倒仍然十分青翠，枝干也非常刚强，只是在落雨的黄昏，窗子结满雾气，从雾里看出，就见到了去年那个孤寂的自己。

这一次从海岸回来，意外地看到玫瑰花结成的苞，惊喜地感觉自己又寻回年轻时那温婉的心情，这小小的花，小小的暑气，使我感觉到真实的自我。

泡一杯碧螺春，看玫瑰花在暑气里挣扎开放，突然听见在遥远海边带回来的涛声，一波又一波清洗着我心灵的岬角。

八月·立秋

"秋训：禾谷熟也。"

梦里醒来的时候，推窗，发现天上还洒着月光。

仿佛才刚刚睡去，怎么忽然就从梦里醒来了呢？

刚刚确实是做了梦的，我努力回想梦境，所有的情节竟然都隐没了，只剩下一个古老的、优雅的、安静的回廊，回廊里有轻浅的步声，好像一声一声地从我的心头踩过。

让我再继续这个梦吧！躺下时我这样许着愿。

我果然又走进那个回廊，步声是我自己的，千回百转才走到出口，原来出口的地方满天红叶，阳光落了一地。

原来是秋天了，我在回廊里轻轻叹口气。

九月·白露

"阴气渐重，凝而为露，故名白露。"

几棵苍郁的树，被云雾和时间洗过，流露出一种沧桑的神色。我站在这山最高的地方下望，云一波波地从脚下流过，鸟声在背后传来，我好像也懂了站在这里的树的心情——站在最高的地方可以望远，但也要承担高的凄冷，还有那第一波来的白露。

候鸟大概很快就要从这里飞过，到南方的海边去了吧？

这时站在云雾封弥的山上，我闭上眼睛，就像看见南方那明媚的海岸。

十月·霜降

这一次我离开你，大概就不容易再见到你了。

暮色过后，我会有一个真正的离开，就让天空温柔的晚霞做最后见证，有一天再看见同样美的晚霞，不管在何时何地，我都会想起你来。

霜已经开始降了，风徐徐的，泪轻轻的，为了走出黑暗的悲剧，我只好悄悄离去。

我走的时候，感到夜色好冷，一股凉意自我的心头刺过。

十一月·立冬

"冬者，终也。立冬之时向，万物终成，故名立冬。"

如果要认识青春，就要先认识青春有终结的时候。

为花的开放而欢喜，为花的凋落而感伤，这样，我们永远不能认识流过的时间，是一种自然的呈现。

在园子里紫丁香花开的时候，让我们喝春天的乌龙吧！

在群花散尽，木棉独自开放的冬日，让我们烘着暖炉，听韦瓦第，喝咖啡吧！

冬天是多么美，那枝头最后落下的一朵木棉，是绝美！

十二月·冬至

"吃过这碗汤圆，就长一岁了。"冬至的时候，母亲总是这样说。

母亲亲手做的汤圆格外好吃，尤其是在寒冷的冬夜，又和着成长的传说。

吃完汤圆，我们就全家围在一起喝热茶，看腾腾热气在冷的气候中久久不散，茶是父亲泡的，他每天都喝茶。但那一天，他环顾我们说："果然又长大一些。"

那是很多年前冬至的记忆，父亲逝世后，在冬至，我常想起他泡的茶，香味至今仍在齿颊。

松 子 茶

　　朋友从韩国来，送我一大包生松子，我还是第一次看到生的松子，晶莹细白，颇能想起"空山松子落，幽人应未眠"那样的情怀。

　　松子给人的联想自然有一种高远的境界，但是经过人工采撷、制造过的松子是用来吃的，怎么样来吃这些松子呢？我想起饭馆里面有一道炒松子，便征询朋友的意见，要把那包松子下油锅了。

　　朋友一听，大惊失色："松子怎么能用油炒呢？"

　　"在台湾，我们都是这样吃松子的。"他说。

　　"罪过，罪过。这包松子看起来虽然不多，你想它是多少棵松树经过冬雪的锻炼才能长出来的呢？用油一炒，不但松子味尽失，而且也损伤了我们吃这种天地精华的原意了。何况，松子虽然淡雅，仍然是油性的，必须用淡雅的吃法才能品出它的真味。"

　　"那么，松子应该怎么吃呢？"我疑惑地问。

　　"即使在生产松子的韩国，松子仍然被看作珍贵的食品，松子最好的吃法是泡茶。"

　　"泡茶？"

"你烹茶的时候，加几粒松子在里面，松子会浮出淡淡的油脂，并生松香，使一壶茶顿时津香润滑，有高山流水之气。"

当夜，我们便就着月光，在屋内喝松子茶，果如朋友所说的，极平凡的茶加了一些松子就不凡起来了。那种感觉就像是在遍地的绿草中突然开起优雅的小花，并且闻到那花的香气。我觉得，以松子烹茶，是最不辜负这些生长在高山上历经冰雪的松子了。

"松子是小得不能再小的东西，但是有时候，极微小的东西也可以做情绪的大主宰。诗人在月夜的空山听到微不可辨的松子落声，会想起远方未眠的朋友，我们对月喝松子茶也可以说是独尝异味，尘俗为之解脱。我们一向在快乐的时候觉得日子太短，在忧烦的时候又觉得日子过得太长，完全是因为我们不能把握像松子一样存在我们生活四周的小东西。"朋友说。

朋友的话十分有理，使我想起人自命是世界的主宰，但是人并非这个世界唯一的主人。就以经常遍照的日月来说，太阳给了万物生机和力量，并不单给人们照耀；而在月光温柔的怀抱里，虫鸟鸣唱，不让人在月下独享。即使是一粒小小松子，也是吸取了日月精华而生，我们虽然能将它烹茶、下锅，但不表示我们比松子高贵。

佛眼和尚在禅宗的公案里，留下两句名言：

水自竹边流出冷，风从花里过来香。

水和竹原是不相干的，可是因为水从竹子边流出来就显得格外清冷；花是香的，但花的香如果没有风从中穿过，就永远不能为人所知。可见，纵是简单的万物也要透过配合才生出不同的意义，何况是人和松子？

我觉得，人一切的心灵活动都是抽象的，这种抽象宜于联想；得到人世一切物质的富人如果不能联想，他还是觉得不足；倘若是一个贫苦的人有了抽象联想，也可以过得幸福。这完全是境界的差别，禅宗五祖曾经问过："风吹幡动，是风动，还是幡动？"六祖慧能的答案可以作为一个例证："不是风动，不是幡动，是仁者心动。"

仁者，人也。在人心所动的一刻，看见的万物都是动的，人若呆滞，风动幡动都会视而不能见。怪不得有人在荒原里行走时会想起生活的悲境大叹："只道那情爱之深无边无际，未料这离别之苦苦比天高。"而心中有山河大地的人却能说出"长亭凉夜月，多为客铺舒"，感怀出"睡时用明霞作被，醒来以月儿点灯"等引人遐思的境界。

一些小小的泡在茶里的松子，一粒停泊在温柔海边的细沙，一声在夏夜里传来的微弱虫声，一点斜在遥远天际的星光……它全是无言的，但随着灵思的流转，就有了炫目的光彩。记得沈从文这样说过："凡是美的都没有家，流星，落花，萤火，最会鸣叫的蓝头红嘴绿翅膀的王母鸟，也都没有家的。谁见过人蓄养凤凰呢？谁能束缚着月光呢？一颗流星自有它来去的方向，我有我的去处。"

灵魂是一面随风招展的旗子，人永远不要忽视身边事物，因为它也许正可以飘动你心中的那面旗，即使是小如松子。

梅　　香

　　一个有钱的富人，正在家院的花园里赏梅花。

　　那是冬日寒冷的清晨，艳红的梅花正以最美丽的姿容吐露，富人颇为自己的花园里能开出这样美丽的梅花，感到无比的快慰。

　　突然，门外传来敲门的声音，富人去开了门，发现一个衣衫褴褛的乞丐，在寒风里冻得直打抖，那乞丐已在这开满梅花的园外冻了一夜，他说："先生，行行好，可不可以给我一点儿东西吃？"

　　富人请乞丐在园门口稍稍等候，转身进入厨房，端来一碗热腾腾的饭菜。他布施给乞丐的时候，乞丐忽然说："先生，您家里的梅花，真是非常芳香呀！"说完了，转身走了出去。

　　富人呆立在那里，感到非常震惊，他震惊的是，穷人也会赏梅花吗？这是自己从来不知道的。另一个震惊的是，花园里种下几十年的梅花，为什么自己从来没有闻过梅花的芳香呢？

　　于是，他小心翼翼地，以一种庄严的心情，生怕惊动梅香似的悄悄走近梅花，他终于闻到了梅花那含蓄的、清澈的、澄明无比的芬芳，然后他濡湿了眼睛，流下了感动的泪水，为了自己第一次闻到了梅花的芳香。

　　是的，乞丐也能赏梅花，乞丐也能闻到梅花的香气，有的乞丐甚至在极饥饿的情况下，还能闻到梅花清明的气息。可见，好的物质条件不一定能使人成为有品位的人，而坏的物质条件也不会遮蔽人精神的清明，一个人没有钱是值得同情的，一个人一生都不知道梅花的香气一样值得悲悯。

　　一个人的品质其实是与梅香相似，是无形的，是一种气息，我们如果光是赏花的外形，就很难知道梅花有极淡的清香；我们如果不能细心的体贴，也难以品味到一个人隐在外表下内在人格的香气。

　　最可叹惜的是，很少有人能回观自我，品赏自己心灵的梅香，大部分人空过了一生，也没有体会到隐藏在心灵内部极幽微，但极清澈的自性的芳香。

　　能闻梅香的乞丐也是富有的人。

　　现在，让我们一起以一种庄严的心情，走到心灵的花园，放下一切的缠缚，狂心都歇，观闻从我们自性中流露的梅香吧！